완벽한
케이크의 맛

완벽한
케이크의 맛

김혜진 짧은 소설

박혜진 그림

마음산책

김혜진

2012년 〈동아일보〉 신춘문예에 단편소설 「치킨 런」이 당선되며 작품 활동을 시작했다. 소설집 『어비』 『너라는 생활』, 장편소설 『중앙역』 『딸에 대하여』 『9번의 일』 『경청』, 중편소설 『불과 나의 자서전』이 있다.

완벽한
케이크의 맛

1판 1쇄 인쇄 2023년 5월 25일
1판 1쇄 발행 2023년 5월 30일

지은이 | 김혜진
그린이 | 박혜진
펴낸이 | 정은숙
펴낸곳 | 마음산책

편집 | 성혜현 · 박선우 · 김수경 · 나한비 · 이동근
디자인 | 최정윤 · 오세라 · 한우리
마케팅 | 권혁준 · 권지원 · 김은비
경영지원 | 박지혜

등록 | 2000년 7월 28일(제2000-000237호)
주소 | (우 04043) 서울시 마포구 잔다리로3안길 20
전화 | 대표 362-1452 편집 362-1451　팩스 | 362-1455
홈페이지 | www.maumsan.com
블로그 | blog.naver.com/maumsanchaek
트위터 | twitter.com/maumsanchaek
페이스북 | facebook.com/maumsan
인스타그램 | instagram.com/maumsanchaek
전자우편 | maum@maumsan.com

ISBN 978-89-6090-812-3　03810

들어주는 사람이 있으므로
두 사람의 이야기는 이어진다.

데뷔한 지 얼마 되지 않았을 때였다.

글이 써지지 않는다고 투덜거리다가 이런 이야기를 들었다. 지금 네 나이에 어떻게 글이 잘 써지겠느냐고, 나이가 더 들어야 한다고. 나는 그것이 어른들이 흔히 말하는 어떤 경험치에 관한 이야기라고 여겼다. 너는 아직 숙련공이 아니므로 요령과 노하우를 더 쌓아야 한다는 흔하고 뻔한, 그래서 다소 맥 빠지는 말이라고 생각했다.

시간이 더 흐른 뒤 나는 그 말을 다른 방식으로 이해하게 되었다. 그건 단순히 실력을 쌓는 차원의 문제가 아니라 시간을 감각하는 방법에 관한 이야기가 아니었을까 하고.

모든 이야기는 한 지점에서 다른 지점으로 흐른다. 그리고 그 방향과 속도에 따라 각기 다른 흐름이 만들어진다. 어디로, 어떻게, 얼마나 흐르느냐에 따라 전혀 다른 이야기가 되는 것이다. 모든 이야기는 느닷없이 방향을 틀고 예상치 못한 지점을 통과하며 의외의 지점에 다다를 수 있다.

그러니까 오래전 내가 들었던 그 말은 시간이 품은 가능성을 고민하라는 뜻이 아니었을까. 모든 서사를 내 좁은 상상 안에 가둬두지 말라는 충고가 아니었을까. 나이가 더 들어야한다는 말은 쓰는 일이 아닌 사는 일을 통해 그것을 깨우치라는 의미가 아니었을까.

어쩌면 이 책에 실린 소설들은 막 어떤 흐름을 만들기 시작한 순간일지도 모르겠다.

얼마든지 어디로든 갈 수 있는 상태. 늘 어떤 결론에 이르러야만 소설이 끝난다고 믿었는데, 어떤 이야기들은 가능성을 품은 채 그대로 둘 수 있다는 것을 이 소설들을 쓰면서 배웠다. 이 이야기들이 독자에게 가서 다채롭고 풍성하게 완성되면 좋겠다.

이 소설집의 제목이기도 한 「완벽한 케이크의 맛」에 대해 짧게 언급하고 싶다.

처음 이 작품에 내가 붙인 제목은 '하지 않아서 좋은 일'이었다. 뭐든 시도하고, 도전하고, 가능한 한 후회할 일을 만들지 않는 게 더 가치 있는 것처럼 느껴지는 시대지만, 이 소설을 쓰는 동안엔 하지 않아서 좋은 일들이 더 많을 수 있다는 생각을 자주 했다. 소설 말미에 두 사람은 조각 케이크 하나를 두고 나란히 앉는다. 그 장면이 하지 않은 일에 대한 멋진 보상처럼 느껴져 출판사에 원고를 보낼 때 제목을 '완벽한 케이크의 맛'으로 바꾸었다. 그것이 책의 제목이 될 거라고는 예상하지 못했는데 지금은 이 책에 어울리는 이름 같다.

원고를 애정 어린 눈으로 살펴준 마음산책에 고개 숙여 감사드린다. 박혜진 그림작가님에게도 고마운 마음을 전하고 싶다.

2023년 초여름
김혜진

9

차례

모르는 얼굴
앞에서

아무것도 아닌
모든 마음

나지막한
주파수처럼

우연히 낯선 골목을 지날 때,
걸음을 멈추고 어두운 골목 안쪽을 주시할 때.
그러면 미로처럼 이어진 이 골목에
내가 알지 못하는 수많은 사람들이 살아간다는 것을
새삼스럽게 깨닫게 됐다.

모르는 얼굴
앞에서

강사의 자질

형찬은 좋은 강사였다.

그는 좋은 강사의 자질을 갖고 있었다. 영재는 면접 자리에서 바로 그것을 알아보았다.

원장님, 그런데요. 정진우가 저한테 또 이렇게 했어요.

영어 강사에게 면접 중이라는 걸 알리고, 아이들을 단속하라고 일렀는데도, 사무실 문이 열리더니 은채가 빼꼼히 고개를 내밀었고, 영재가 눈을 맞추자 기다렸다는 듯 입술을 씰룩거리다가 울음을 터트렸다.

은채구나. 무슨 일 있었어? 누구랑 싸웠어? 영어 선생님 어디 가셨어?

초등학교 저학년 아이들 사이에서는 흔하게 벌어지는 일이었다. 하루에도 몇 번씩 큰소리가 나고, 울음이 터지고, 몸이 다치거나 기물이 파손되는 일이 허다했다.

보자, 어디 다쳤어? 옷을 버렸구나. 다친 데는 없고? 괜찮아, 선생님이 닦아줄 테니까. 걱정하지 마. 알았지?

영재가 몸을 일으키기도 전에 형찬이 아이에게 다가갔고, 아이와 눈높이를 맞춘 뒤 부드럽게 타일렀다. 그런 후엔 나지막한 목소리로 무슨 말인가를 주고받았다. 좋은 강사의 자질은 수도 없이 많고 그 기준은 사람마다 다르지만, 어쨌든 아이들을 진심으로 아끼는 것이 우선이라고 영재는 생각해왔다.

영재는 그날 그 자리에서 형찬을 채용했다. 학벌이나 경력 같은 눈에 보이는 조건보다는 눈에 보이지 않는 마음이 훨씬 더 중요하다고 여긴 거였다.

언제부터 출근할 수 있어요?

영재가 물었고, 형찬이 손수건으로 코를 훔치며 답했다.

전 다음 주 정도면 괜찮습니다.

이어 갑자기 재채기가 터진 형찬은, 영재와 눈이 마주치자 겸연쩍은 표정으로 한마디 더 했다.

아, 이거요. 제가 비염이 있거든요. 그래서 어릴 때부터 손수건을 갖고 다니는 게 습관이 됐어요.

영재가 운영하는 학원은 초등학교 바로 옆 골목에 위치하고 있었다. 2학년부터 6학년까지, 주로 방과 후 아이들의 숙제를 돕고 선행 학습을 병행하는 곳이었다. 전문적인 학원이라기보다는 부모들이 귀가하는 저녁까지 동네 아이들의 안전을 책임지는 곳에 더 가까웠다. 원생은 30명 남짓. 원장 겸 수학 강사인 영재와 전 과목 강사인 규현, 영어 강사인 은주, 국어 강사로 채용된 형찬까지 모두 네 명의 강사가 일했다.

형찬은 일주일 뒤부터 출근했다. 그는 아이들을 다루는 데 능숙했고, 동료 강사들과도 자연스럽게 어울렸다. 영재가 부탁한 적이 없는데도, 일찍 출근해서 부진한 아이들의 학습을 돕고, 학부모와 진지하게 상담을 진행할 때도 있었다. 영재는 형찬을 채용하길 정말 잘했다고 생각했다.

아뇨, 전 지금 만족하는데요. 여기서 진짜 오래 일하고 싶습니다.

얼마 후, 연말 회식 자리에서 형찬은 쾌활한 목소리로 말했다. 개선이 필요하거나 제안하고 싶은 게 있으면 뭐든 알려달라고 영재가 말했을 때였다.

국어 쌤, 원장님이 이렇게 물을 땐 뭐든 말해야죠! 찾아보면 분명 하나는 있다고요. 원장님, 그럼 저희 커피머신 이번에 바꿔주시면 어때요? 매번 원두 내려 마시려니 번거롭고, 시간도 너무 잡아먹어요.

은주가 불판 위에 남은 고기를 집어 먹으며 말했고, 규현이 거들었다.

오, 영어 쌤, 나 지금 그 말 하려고 했는데. 완전 소름.

영재는 그러겠다고 했다. 마음에 드는 커피머신 모델을 알려주면 구입하겠다고 했고, 해가 바뀌기 전에 탕비실의 낡은 냉장고도 교체하겠다고 말했다. 영재는 강사들의 사소한 요구를 귀담아듣는 편이었다. 아직은 동네 학원에 불과한 이곳이 중형 학원으로 성장하려면 강사를 안정적으로 관리하는 것이 무엇보다 중요했다.

영재는 학원을 잘 키워나가고 싶었다. 틀림없이 좋은 기회가 올 거라고 믿었고, 그 기회를 놓치지 않을 자신이 있었다. 영재는 자신의 꿈이 멀리 있지 않다고 생각했다. 무엇이든 열심히 노력하면 이룰 수 있다고 믿은 거였다. 그러니까 한 달 뒤, 온 나라가 감염병으로 들썩이리라고는 예상하지 못했다. 그것이 마지막 회식이 될 거라는 생각도 전혀 하지 못했다.

뉴스에서 감염병에 대한 첫 보도가 나온 건 새 학기가 시작될 무렵이었다.

외국에서 벌어진 일이어서 이곳과는 무관하게 느껴지던 감염병은 무서운 속도로 퍼지기 시작했다. 3월 중순에 접어들자, 모든 사람이 마스크를 착용하고 개인 소독제를 휴대하는 것을 당연하게 여길 정도로 상황이 심각해졌다.

새 학기여서 학원의 피해는 예상보다 컸다.

새로 등록하겠다던 학생들이 빠져나갔고, 기존의 학생 중에도 당분간 쉬겠다고 연락하거나 환불을 요청하는 경우가 잦았다. 고민하고, 준비하고, 각오해야 할 것들이 점점 늘었다. 그래서 영재는 할 말이 있다는 은주의 요청을 번번이 잊어버렸다.

원장님, 잠깐 시간 괜찮으세요?

며칠 후, 은주가 결심한 듯 영재를 불렀다. 다른 강사들이 출근하기 전, 영재가 홀로 강의실을 청소하고 있을 때였다. 청소업체와 계약을 종료한 게 지난주였고, 영재는 청소를 위해 매일 조금 더 일찍 학원에 나오고 있었다.

아, 미안해요, 수학 쌤. 할 말 있다고 했었죠? 내가 자꾸 잊어버리네. 지금 괜찮아요. 무슨 이야기인데요?

영재가 물었고 은주는 출입문 쪽을 흘끔거리며 조심스럽게 입을 열었다. 감염병이 확산하는 지금 상황이 걱정스럽다는 말, 수업할 때 아이들이 마스크를 벗지 않도록 신경 쓴다는 말을 하다가, 은주는 조심스레 형찬에 대한 이야기를 꺼냈다.

국어 쌤 말인데요. 재채기를 자꾸 해서 너무 신경 쓰여요, 원장님.

재채기요?

재채기인지 기침인지 모르겠는데, 아무튼 자주 하시더라고요. 요즘 다들 불안한데, 혹시나 하는 마음이 들어서요.

영재는 형찬에게 비염이 있다고 말했다. 재채기는 감염병 때문이 아니고 비염 때문일 거라고, 처음 면접을 보던 날도 그랬었다는 설명을 덧붙였다.

네, 그건 저도 아는데요. 혹시나 해서요.

은주가 얼버무렸고 대화는 그렇게 끝이 났다. 영재는 어쩔 수 없다고 생각했다. 감염병 탓에 사람들이 지나치게 예민해진 거라고, 사소한 일에도 의심을 품는 거라고, 이 시기가 지나면 괜찮아질 거라고 넘긴 거였다.

그러나 며칠 뒤, 한 학부모의 전화를 받고 나서는 생각이 달라졌다.

원장님이세요? 저 송아 엄마예요. 송아가 학원 선생님이 코를 푼다고, 학원에 안 간다고 그러는데, 어째야 할지 몰라서 전화드렸어요. 처음엔 꾀를 부리나 했는데, 생각해 보니 저도 불안해서요.

아, 저희 국어 쌤 말씀하시는 모양이네요. 국어 쌤이 원래 비염이 있어요. 그래서 늘 손수건을 갖고 다니는데, 그게 감염병 때문은 아니거든요. 어머님, 그 문제라면 정말 걱정 안 하셔도 됩니다.

말은 그렇게 했지만 영재는 자신의 마음속에도 불안이 싹트기 시작했다는 것을 알아차렸다. 때마침 탕비실로 향하는 형찬의 모습이 보였고, 코를 훌쩍이는 소리가 새어 나왔는데, 영재는 자신이 탕비실 쪽을 한참이나 주시하고 있었다는 것을 나중에 깨달았다.

비염이 만성질환이라는 것을, 꽃가루가 날리는 봄에는 증상이 더 심해진다는 것을, 영재는 모르지 않았다. 그러나 그것이 사람들의 불안을 계속 키우는 걸 가만히 두고 볼 수만은 없었다.

선생님, 그 비염 말인데요. 병원에 한번 가보는 게 어때요? 조금이라도 나아질 수 있는 방법이 있으면 뭐든 해보는 게 좋지 않겠어요?

처음에 영재는 그 정도 선에서 말했다. 형찬은 영재의

말을 금방 알아들었다. 코를 훌쩍이고 재채기를 할 때마다 주변 사람들에게 미안한 마음이 든다고 했고, 방법을 찾아보겠다고 했다. 그러나 며칠이 지나도록 아무런 말이 없었다. 병원에 다녀왔다거나 치료를 받고 있다는 말을 하기는 커녕 증상은 어쩐지 더 심해지는 것 같았다.

비염은 좀 어때요? 괜찮아요?

영재가 물어보면 형찬은 괜찮다고, 나아지고 있다고 대답했는데 영재가 보기엔 전혀 그렇지 않았다. 코를 훌쩍이는 소리와 재채기 소리가 종일 형찬의 주변을 맴돌았다. 어디선가 기침 소리가 들리나 싶어서 돌아보면 그곳에 어김없이 형찬이 있었다.

선생님, 아이들도 그렇고, 다른 선생님들도 많이 불안해해요.

영재가 말하면 형찬은 어떻게 해야 할지 모르겠다는 얼굴로 고개를 숙였다. 영재는 점점 곤두섰다. 감염병 탓에 동네 병원에서 진료를 받기 어렵다는 것도, 형찬이 감염병에 걸린 게 아니라는 것도 모르지 않았지만, 온 신경이 형찬을 감시하듯 지켜보는 것을 멈출 수가 없었다.

그러나 그것 말고는 문제가 없는 사람이었다. 형찬은 책임감이 강하고 성실했다. 아이들을 좋아하고, 가르치는 일에도 열의가 있었다. 그는 좋은 강사였다. 적어도 그가 앓는 비염이 이처럼 많은 사람들의 주목을 끌기 전까지는.

결국 4월이 되기 전, 영재는 형찬을 호출했다.

형찬이 강의실에서 퇴근 준비를 하고 있을 때였다. 처음 면접을 보던 날처럼 영재는 형찬과 원장실에 마주 앉았고, 어렵게 말을 꺼냈다. 그동안 성실하게 일해줘서 정말 고맙다고, 감염병이 확산하는 지금의 상황이 사람들을 불안하게 만드는 모양이라고, 그러니 상황이 진정될 때까지만 쉬는 게 어떻겠냐고.

원장님, 아니에요. 저 이거 그냥 비염이에요. 아시잖아요. 저 일주일에 한 번씩 검사도 받고 있고요. 나름대로 얼마나 조심하는지 몰라요.

형찬이 항변했지만 영재는 미안하다고 했다. 다른 말은 하지 않고 그 말만 했다. 이게 다 감염병 때문이라고, 그게 사람들의 불안을 키우는 탓이라고, 핑계를 대고 싶었지만 그럴 수 없었다.

불안을 키우는 건 감염병의 일이 아니라 사람의 일이었으니까. 머리로는 아니라는 걸 알면서도 의심을 떨칠 수 없는 건 마음의 문제였으니까. 영재는 자신 역시 그런 나약한 마음을 가진 수많은 사람 중 하나라는 것을 모르지 않았다.

밀 베이커리

밀 베이커리를 소개하게 된 건 유정 씨의 질문 때문이었습니다.

어머, 진짜 담백하다! 이 빵 어디서 산 거예요?

유정 씨는 치아바타를 먹다 말고 구겨진 포장지를 조심스레 펼치기 시작했습니다. 고개를 돌리면 푸른빛이 넘실대는 수영장에서 알록달록한 수모를 쓴 아이들이 요리조리 헤엄치는 모습이 바로 내려다보였습니다. 저는 고만고만한 아이들 틈에서 인아의 모습을 찾았다가 놓치고 다시 찾는 일을 반복하는 중이었습니다.

정말 그러네. 맛이 정말 깔끔해요.

어디서 산 거예요? 이 동네에서 샀어요? 이 근처에 괜찮은 빵집이 있었나?

주화 씨와 경미 씨까지 그렇게 물었으므로 저는 성당 뒤편 골목에 새로 문을 연 밀 베이커리에 관해 이야기했습니다. 믿을 수 있는 재료로 소박하게 빵을 굽는 가게라는 정도만 말할 생각이었는데 하다 보니 그 집 부부가 외국에서 제빵 기술을 배웠고, 지금보다 훨씬 큰 베이커리를 15년 넘게 운영했으며, 몇 달 전 이 동네에 작은 가게를 오픈했다는 설명까지 덧붙이게 됐습니다.

석 달 전부터 또래 아이들과 함께 수영을 배우는 인아 탓에 어쩔 수 없이 같은 강습반 부모들과 어울리면서도 늘 무슨 말을 해야 할지 몰라 난감했는데 그날은 자연스럽게 대화에 참여할 수 있었습니다.

그건 모두 밀 베이커리 부부에게 직접 들은 이야기였습니다.

저는 이틀에 한 번씩은 그 가게에 꼭 들르는 단골이었으니까요. 빵 종류가 다양하진 않았지만 단맛이 적고 향이 자극적이지 않아서 아이가 먹어도 좋겠다 싶었습니다. 꼭 필요하다 싶은 것들로만 채워진 가게 분위기도 마음에 들었습니다. 불필요한 질문을 건네지 않고, 뭔가를 무리하게 권하지도 않고, 약간은 무심한 듯 손님을 대하는 그들 부부의 태도도 편하게 느껴졌습니다.

할라피뇨 베이글 하나 넣었어요. 맛 한번 보세요.

한번은 카운터 앞을 지키던 주인 여자가 불쑥 그렇게 말했습니다. 항상 말없이 계산을 하고 포장한 빵을 건네주기만 하던 사람이었는데 내 곁에 선 인아와 눈을 맞추고는 유리 선반 위에 놓인 초코볼 하나를 선뜻 집어 건네기까지 했습니다.

고맙습니다. 인아 뭐 해? 고맙습니다, 인사해야지.

그날은 웬일인지 하얀 위생 모자를 쓴 남자까지 주방에서 나와 알은체를 했습니다.

고맙긴요. 자주 들러주시니 저희가 고맙죠.

그 후로는 몇 마디라도 짧게 안부를 나누게 되었습니다. 그러다 보면 이런저런 내밀하고 사적인 서로의 사정들을 조금씩 알게 될 수밖에 없었습니다.

제 소개로 그 가게에 다녀온 사람들의 평가는 나쁘지 않았습니다. 사람들은 동네에 믿을 만한 베이커리가 있어서 다행이라고 했고, 오십 대의 그 성실한 부부가 오래도록 가게를 운영했으면 좋겠다고 했고, 어쨌든 좋은 가게를 소개해줘서 고맙다고 했습니다.

그리고 몇 주가 더 지나서인가. 스포츠센터 로비에서 의외의 이야기를 전해 들었습니다.

밀 베이커리 이야기 들으셨죠?

그 말을 꺼낸 건 유정 씨였고 수영 강습을 마치고 나오는 아이들을 기다리던 학부모 몇 사람이 가세했습니다. 며칠 전 그곳에서 야채 고로케를 나눠 먹은 아이들이 복통을 앓았고, 그걸 따지러 간 부모들과 밀 베이커리 부부 사이에 작은 다툼이 있었다는 이야기였습니다.

그래요? 그런 일이 있었어요? 고로케 때문이래요?

저는 그렇게 되물었지만 미심쩍은 마음이 떨쳐지지가 않았습니다.

유리 출입문과 빵이 놓인 진열대, 케이크 냉장고와 카운터, 잠깐씩 보이는 주방의 모습까지. 그 가게 부부가 지나칠 정도로 청결과 위생에 신경을 쓴다는 것을 모르지 않았으니까요. 고로케에 문제가 있었을 거라는 생각은 들지 않았습니다.

엄마, 밀 베이커리 아저씨 정말 나쁜 사람이래.

며칠 뒤, 수영 강습을 마치고 나온 인아가 그렇게 소곤거렸던 기억이 납니다.

그게 무슨 말이야?

처음엔 인아가 친구들에게 이런저런 말을 전해 들은 거라고 생각했습니다. 인아 또래의 아이들이란 제 부모가 하는 말을 스펀지처럼 빨아들이기 마련이니까요.

아무도 못 먹는 걸 빵에다 넣는대. 쓰레기 같은 거. 진짜야, 엄마?

누가 그래? 누가 그런 말을 해? 그런 말 함부로 하면 못써.

저는 엄한 목소리로 인아를 타일렀습니다. 그런 후에도 마음이 놓이지 않아서, 직접 보고 겪은 일이 아니면 어떤 말도 쉽게 해선 안 된다고 거듭 주의를 주었습니다. 어쨌든 시간이 지나면 오해가 풀릴 거라고 생각했고, 괜히 시끄러운 일에 휘말리고 싶지 않았기 때문입니다.

밀 베이커리에 대한 은근한 불매운동이 일어나고 있다는 건 나중에 알았습니다. 복통을 앓은 아이들의 부모는 물론이고 그들과 가깝게 지내는 지인들, 한 번이라도 그 이야기를 전해 들은 이웃들까지 모두 밀 베이커리에 가는 것을 꺼리는 모양이었습니다.

그 무렵에는 아무것도 모르는 제 눈에도 가게를 드나드는 사람의 수가 눈에 띄게 줄어든 것이 보일 정도였습니다. 오후 5시 무렵이면 늘 진열대가 텅텅 비어 있곤 했는데, 그즈음에는 빵이 그대로인 경우가 많았습니다.

저희가 뭘 어째야 좋을지 모르겠어요. 이유도 모르는데 무조건 잘못했다고 말할 수는 없잖아요.

한번은 억울하다는 표정으로 베이커리 여자가 그렇게 하소연했습니다. 도대체 무슨 일이, 왜, 어떻게 일어난 건지 궁금한 마음이 없지 않았지만 저는 이렇다 할 반응을 보이지 않았습니다. 제가 관여할 문제가 아니라고 생각했고 저와는 무관한 일이라고 여겼기 때문입니다.

인아 엄마, 아직 그 베이커리 가죠?

그리고 며칠 후에 경미 씨가 그렇게 물었습니다. 로비에서 강습이 막 시작된 수영장을 내려다보고 있을 때였습니다. 어쩐지 서먹서먹하고 어색한 모습으로, 물장난을 치는 아이들 무리와 멀찍이 떨어져 있는 인아를 발견한 것도 그때입니다. 어디서나 또래들과 신나게 장난을 치는 아이인데 그날만은 벌을 서는 것처럼 우두커니 서 있는 모습이 낯설어서 저는 자꾸만 유리창 쪽으로 가까이 다가서게 되었습니다.

준우가 그날 거기 고로케 먹고 종일 배가 아파서 새벽에 응급실에 갔었대요. 그랬으면 말이라도 죄송하다, 미안하다, 해야지. 나 몰라라 하면 되나요? 그 가게 주인 말이에요. 뭐 꼭 잘못이 있어야 잘못했다고 말하나요. 그렇게 한마디 하는 게 무슨 큰일이라고. 그 사람들, 아무 잘못 없다고 딱 잘라 말했다고 하더라고요.

수영 코치가 아이들을 불러 모으는 모습이 보였습니다. 저는 조마조마한 마음으로 노란색 수모를 쓴 인아의 모습을 주시하고 있었습니다. 뭔가 주저하는 인아의 모습과 그런 인아를 바라보는 아이들의 눈빛이 왠지 모르게 냉담하게 느껴진 탓입니다. 아니, 그건 제 착각이었는지도 모릅니다.

인아 엄마도 당분간 그 가게 가지 말아요. 인아 친구들 일이고, 다 서로 잘 아는 부모들인데, 속상한 마음은 우리가 알아줘야죠. 안 그래요?

그 고로케가 문제였대요?

제가 물었고 경미 씨가 답했습니다.

그럼 뭐가 문제겠어요. 그날 진우가 먹은 게 뻔한데. 그렇잖아요?

저랑 저희 애는 지금까지 아무 문제가 없었거든요. 인아가 워낙 그 집 빵을 좋아하기도 하고, 아직 확실하게 밝혀진 게 없는데 무작정 그 가게에 안 가는 것도 그렇고 해서요.

아이들이 순서대로 헤엄쳐나가는 것을 내려다보며 저는

그렇게 답했습니다. 그건 그 베이커리 부부를 옹호하는 말도, 준우 부모를 탓하는 말도 아니었습니다. 그건 그 일이 저와는 관련이 없다는 의미였고, 어쨌든 그런 식으로 제 입장을 분명히 밝힌 것이었습니다.

그러니까 그때까지도 저는 그것이 일종의 경고라는 걸 알아차리지 못했던 것입니다.

한 달이 지나고 다시 수영 강습을 등록하러 갔을 때 안내 데스크 직원은 강습반 인원이 모두 찼다고 했습니다. 여섯 명이 한 팀을 꾸려야 열리는 강습이고, 몇 달째 같은 아이들이 등록해왔다는 걸 뻔히 알면서도 직원은 같은 말만 반복했습니다. 유정 씨와 주화 씨, 경미 씨에게 연락을 해봤지만 모두 약속이나 한 듯 자신들은 모르는 일이라고 대답했습니다. 예의 바른 말투였지만 그 속에 어른거리는 냉랭한 기운은 다 감춰지지 않았습니다.

왜? 왜 나만 애들이랑 다른 반이야? 계속 그래?

거듭 묻고 또 묻는 인아에게는 결국 제대로 된 답을 해주지 못했습니다.

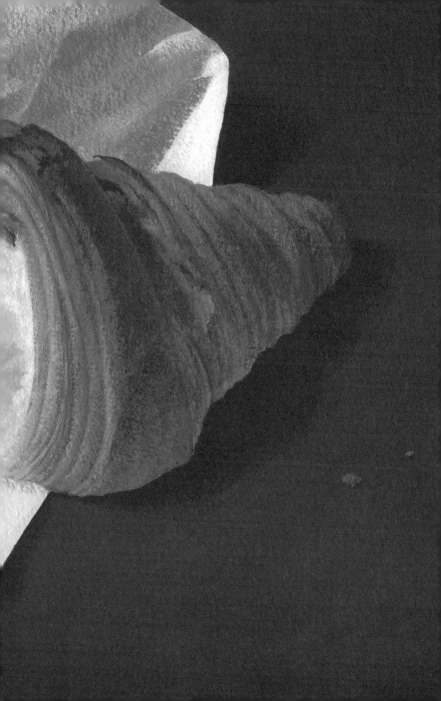

이후 상황에 대해서는 이 커뮤니티에 계신 분들이 모르지 않을 거라고 생각합니다. 밀 베이커리 부부와 제가 친한 사이다, 제가 돈을 받고 그 가게를 홍보하고 다녔다, 그 부부가 운영했다던 전 가게도 비슷한 문제로 문을 닫았다, 저는 그 가게의 비리를 다 알고 있다, 그러므로 제가 사람들을 작정하고 속인 거라는 말까지. 어쩌면 제가 모르는 소문들이 더 있을지도 모르겠습니다.

저희 가게 오시는 건 좋은데 괜한 오해를 받으실까 봐 걱정이네요. 문자나 전화 주문하시면 댁으로 갖다드릴게요. 아니면 요 앞 편의점에 저희가 맡겨놔도 되고요.

며칠 전에도 밀 베이커리 여자는 조심스러운 말투로 그렇게 제안했습니다.

학부모 몇 사람이 홧김에 내뱉은 말이 사람들의 입을 타고 번지며 이런저런 말들을 계속 불러오고, 이렇게 오래도록 자신들을 괴롭힐 거라는 생각을 못 했는지, 창 너머 거리를 힐끔거리는 여자의 얼굴은 몹시 지치고 고단해 보였습니다.

차라리 그때 사과하고 말았으면 어땠을까 싶은데, 어쩌겠어요. 나도 아저씨도 그럴 수가 없는 사람들인데. 가게 들르시기 불편하면 전화주세요. 빵은 요 앞에 어디 맡겨놓을게요. 걱정하지 마세요. 저희는 괜찮아요.

물론 저는 그 제안을 거절했습니다.

그 사람의 말을 듣는 동안 어떤 식으로든 이 일의 끝을 봐야겠다는 생각이 들었고, 이 일의 귀결이 아이에게 들려줄 만한 것이어야 한다는 믿음을 버릴 수가 없었기 때문입니다. 밀 베이커리가 앞으로 얼마나 더 버틸 수 있을지 저도 잘 모르겠습니다. 다만 가게가 문을 여는 동안에는 지금껏 그래왔던 것처럼 아이와 함께 좋아하는 빵을 사러 그곳에 종종 들를 생각입니다.

재택근무

재택근무 나흘째 되던 날, 나는 그 사람을 처음 봤다.

편의점에서 도시락과 과자, 우유와 과일주스를 사 오는 길이었다. 건물 입구에 서서 출입문 비밀번호를 누르고 있을 때, 주차장 쪽에서 인기척이 들렸다. 다가가서 보니, 누군가가 주차된 차와 벽 사이 비좁은 틈에 낀 듯한 자세로 여기저기를 두리번거리고 있었다.

아주 맑은 날이어서 주차장 쪽은 상대적으로 어두웠고 그 사람의 얼굴은 제대로 보이지 않았다. 그럼에도 그 사람이 마스크를 착용하지 않은 것은 금방 알아챌 수 있었다. 감염병이 무섭게 확산하던 시기여서 그 무렵엔 마스크를 쓰지 않은 사람이 거의 없었다.

나는 몇 걸음 떨어져서 그 사람을 지켜보았다. 체구가
자그마해서 학생인가 싶었는데 다시 보니 머리가 희끗희
끗했고, 머리가 아주 짧았지만 여자라는 걸 알아볼 수 있
었다. 도무지 내 쪽은 신경 쓰지 않는 그 노인을 한참 지켜
보다가 나는 그만 집으로 들어왔다. 근처에 사는 사람이라
고 생각했고, 그게 아니더라도 가족이나 친지를 방문한 손
님이라고 여긴 거였다.

어린이집과 유치원, 학교와 도서관, 문화센터와 종교시
설까지. 그 무렵엔 문을 연 기관을 찾는 게 더 어려웠다.
이런저런 이유로 해외에 체류 중이던 사람들까지 모두 귀
국하던 시기여서 동네에서 낯선 얼굴을 마주하는 게 아주
드문 일도 아니었다.

게다가 내가 사는 빌라 건물은 큰길 바로 뒤편에 위치
한 탓에 늘 오가는 사람이 많았다. 흡연 장소를 찾지 못한
사람들이 건물 주변을 어슬렁거리며 담배를 피웠고, 연락
처를 남기지 않고 주차를 하는 사람들 탓에 건물 사람들이

언성을 높이는 일도 잦았다. 폐지와 고물을 수거하러 다니는 사람들이 쓰레기 더미를 뒤질 때엔 요란한 소음 때문에 창을 열고 밖을 내다볼 정도였다.

담벼락 아래 앉아서 큰 소리로 전화 통화를 하는 여자, 깔깔대며 캐치볼을 하는 커플, 개를 끌고 골목 구석구석을 산책하는 노인, 서너 시간에 한 번꼴로 방문하는 택배 기사와 배달 기사, 어디선가 흘러나오는 텔레비전 소음과 어린아이의 울음소리, 아이를 어르고 달래는 말소리와 언쟁을 벌이는 듯한 고성으로 골목은 종일 터져나갈 듯 시끄러웠다.

모두 재택근무를 하기 전에는 알지 못했던 것이었다. 어쨌든 평일 한낮, 집 안에 머무르며 내가 마주하게 될 거라곤 상상한 적 없는 풍경이었다.

며칠 뒤, 건물 출입문에 경고문이 나붙었지만 그 노인과 관련이 있을 거라고 생각하진 못했다. 경고문은 건물 관리를 맡은 301호 여자가 쓴 것이었고, 최근 건물 주변을 배회하는 수상한 사람을 경찰에 신고했다는 내용이었다. 주차장 입구와 건물 외벽에 경찰이 부착한 스티커 여러 장이 붙어 있었다. 남의 집을 엿보는 것은 범죄행위라는 문구가 홀로그램처럼 반짝거렸다.

노인을 다시 본 건 월요일 아침이었다.

늦어도 일요일까지 재택근무 연장 여부를 공지하겠다던 회사는 월요일 출근 직전에야 메시지를 보냈다. 재택근무를 한 주 더 연장한다는 내용이었다. 집을 나서려다가 맥이 빠진 나는 창을 활짝 열었고, 전봇대 앞에 서 있는 노인을 발견했다.

노인은 누군가 무단으로 내다 버린 세탁기 안을 살피는 중이었다. 중얼거리는 듯 나지막한 목소리가 들리다가 말다가 했고, 놀란 듯 갑자기 언성이 높아질 때도 있었는데, 노인이 말을 하지 못한다는 건 301호 여자가 등장하고 나서 알았다.

할머니, 여기 왜 자꾸 와요? 오지 마시라고 했잖아요.

건물 출입문을 열고 나온 301호 여자는 곧장 노인에게 다가가 따지듯 물었다. 내가 서 있는 2층에서도 분명히 들

릴 만큼 큰 목소리였다.

할머니, 집이 어디예요? 이 근처예요? 어젯밤에도 왔었
죠? 마스크도 안 쓰고 이렇게 돌아다니시면 어떡해요. 이
건물에 아이들도 있고 아픈 어른들도 계신데. 다들 조심하
느라 집에만 있는데 이렇게 마스크도 안 쓰고 나다니면 어
떡해요!

노인은 표정과 손짓으로 무슨 대답을 하려는 듯했지만
비명에 가까운 소리만 났다. 결국 여자는 대화를 포기한
듯 노인을 내쫓기 시작했다. 여자를 피해 골목 끝으로 주
춤주춤 물러나면서도 노인은 알아듣지 못할 말을 계속했
다. 아니, 말이라기보다는 소리에 가까운 것이었다.

그 일이 있고 난 뒤, 나는 자주 창을 열고 밖을 내다보게
됐다. 종일 집에만 머무는 게 답답했고, 날씨가 무덥기도
했는데, 노인이 이 건물 근처를 배회한다는 사실이 신경
쓰인 탓이 제일 컸다. 대화가 불가능한 사람이라고 생각하
자 정신이 온전치 못한 사람일지 모른다는 걱정이 들었고,
언제, 어떻게, 무슨 짓을 저지를지 모른다는 불안이 커졌

다. 301호 여자의 말대로 여기저기 돌아다니며 이것저것 만지고, 눈에 보이지 않는 위험한 뭔가를 퍼뜨릴 수 있다고 가정하면 겁이 났다.

노인은 비가 오는 수요일 오후에 다시 나타났다.

우산을 들고 멀찌감치 서서 건물을 주시하던 노인은 다시금 주차장 쪽으로 걸어 들어가려고 했다. 나는 창을 열고 말했다.

어르신, 거기 들어가시면 안 돼요.

노인은 아무런 반응이 없었고, 내 목소리가 조금 더 커졌다.

거기 들어가시면 안 된다고요. 그만 가세요!

나는 계속 같은 말을 반복했다. 빗소리 탓에 목소리를 높이다 보니 나중엔 거의 소리를 지르다시피 말하고 있었다. 한참 만에 위층 창이 열렸고, 301호 여자의 목소리가 흘러나왔다.

그 할머니 또 왔어요? 아, 정말 큰일이네. 괜찮으시면 잠깐 내려올 수 있어요? 오늘은 보호자 찾아가서 말이라도 해야겠어요. 경찰에 신고해도 그때뿐이고. 하긴 말도 안 통하는 노인인데 경찰이라고 뭐 어쩌겠어요.

결국 건물 밖으로 나온 301호 여자와 내가 거듭 채근한 뒤에야 노인은 주차장 밖으로 나왔다. 반바지 차림에 슬리퍼를 신은 노인은 우리를 향해 알아듣지 못할 말을 중얼거리며 골목 끝으로 걷기 시작했다. 301호 여자와 내가 노인을 뒤따라갔다. 노인은 골목 끝까지 간 뒤 바로 뒷골목으로 접어들었다.

상사, 목재, 식품 따위의 간판을 내건 건물들은 문이 닫혀 있었고, 아예 셔터를 내린 건물들도 여럿이었다. 오가는 사람이 없는 골목은 한산했고 유난히 어두웠다.

마침내 노인이 멈춰 선 곳은 '유선장'이라고 적힌 건물 앞이었다. 멀리서 보면 목재로 마감한 건물 외부가 그럴듯해 보였지만, 가까이 다가가자 곰팡이가 피고 여기저기 부서진 나무의 상태가 볼품없었다. 달방 있음, 이라고 적힌 팻말도, 열린 출입문 너머로 보이는 내부도 낡고 허름하긴 마찬가지였다.

언제 지어졌는지 모를 이런 여관이 바로 뒷골목에 있다는 사실도 놀라웠지만, 이 동네에 2년 넘게 살면서 이 골목의 존재조차 모르고 있었다는 게 기이하게 느껴졌다.

계세요? 아무도 안 계세요?

301호 여자가 카운터 창을 두드리는 동안 나는 당장 무너져도 이상할 게 없는 건물 내부를 찬찬히 훑어보았다. 눅눅한 실내는 담배 냄새와 카펫에서 올라오는 냄새, 찌든 벽지 냄새 같은 것들로 퀴퀴했고, 오래된 비디오테이프가 꽂힌 선반과 칠이 벗겨진 천장의 무늬는 어쩐지 오싹하기까지 했다.

노인은 몇 걸음 떨어진 곳에 서서 우리를 빤히 바라보기만 했다. 한참 만에 안쪽에서 인기척이 났고, 누군가 문을 열고 나왔다. 노인만큼은 아니지만 꽤 나이가 들어 보이는 여자였다.

여기 주인이세요?

301호 여자가 묻고 그 사람이 답했다.

내가 주인인데, 왜요?

노인을 흘끔거리며 자초지종을 말하는 301호 여자의 목소리가 계속 높아졌으므로 결국 내가 끼어들었다. 마스크도 착용하지 않고 시도 때도 없이 나타나는 할머니 탓에 건물 사람들이 몹시 불안해한다는 이야기였다.

아휴, 언니. 그러게, 내가 나가지 말라고 했잖아. 동네 사람들이 싫어해. 아무튼 이제 저쪽 골목에는 가지 마. 가면 안 돼. 알겠지? 알았으면 대답해, 알았어?

주인 여자는 노인을 향해 그렇게 소리치고는 우리에게 말했다.

우리 언니예요. 기르던 앵무새가 없어져서 그거 찾으러 다니는 거예요. 못 찾는다고 해도 계속 찾으러 다니네. 귀가 안 들려서 말은 못 하는데 입 모양 보면 다 알아먹어요. 아무튼 이제 그 골목으로 안 갈 테니까 걱정하지 말아요. 내가 잘 단속할 테니까.

주인 여자는 노인이 다니는 복지 센터가 몇 주간 문을 닫는 바람에 이런 일이 벌어졌다고 했고, 해를 끼칠 사람은 아니니 안심하라고 했고, 어쨌든 이해해달라며 양해를 구했다. 나는 그대로 그곳을 나오려고 했다. 그러나 301호 여자가 주민들을 위해서라도 노인을 잘 단속하라고 거듭 주의를 주자 주인 여자는 표정이 달라졌고, 이렇게 되물었다.

이것 봐요. 우리가 이 동네에 얼마나 산 줄 알아요? 여기 이 여관만 30년 넘게 했어. 주민들 위해서라니. 그럼 우리는 주민이 아니라는 거예요? 우리가 이 동네 주민이 아니면 누가 주민이라는 거야. 살다 살다 별 희한한 소리를 다 듣네.

복도 끝에서 문이 열리고 늙수그레한 남자들이 하나둘 모습을 드러냈다. 도대체 무슨 일이냐고 신경질적인 목소리로 질문하는 남자들도 있었다. 나는 주인 여자에게 고개를 까닥하고 그곳을 나왔다. 301호 여자를 달래며 거의 끌고 나오다시피 한 거였다.

적어도 미안하다는 말은 해야 하는 거 아니에요? 진짜 말이 안 통하는 사람들이네. 아니, 오래 살면 다 주민인가요? 동네가 바뀌면 주민도 바뀌는 거지. 저렇게 주변 사람들한테 피해를 주는데 무슨 주민이냐고요.

301호 여자는 분이 안 풀린다는 듯 여관 쪽을 돌아보며 말했다. 그때마다 나는 동의한다는 듯 고개를 끄덕였지만 다시 보는 골목은 낯설었고 지금껏 보지 못한 것들이 계속 눈에 들어왔다.

집 앞에 도착했을 땐 2년 전 새로 지어 올린 이 5층짜리 빌라 건물이 어쩌면 동네에서 가장 생경한 것일지도 모른다는 생각이 들었다. 이 동네에 내가 알지 못하는 수많은 골목이 있고, 그 골목마다 20년, 30년씩 산 사람들이 얼마나 더 있을까, 생각하면 어디서든 주민이라는 말을 함부로 꺼낼 수 없는 게 아닌가, 하는 생각마저 들었다.

그 할머니 또 나타나면 그냥 신고해요. 말이 안 통하는 사람들이네. 가능하면 저 골목으로는 다니지 말고요. 지금 보니 진짜 위험한 곳이네, 저쪽은.

301호 여자가 그렇게 말했지만 노인은 다시 나타나지 않았다. 이른 아침에 출근하고 저녁 늦게 퇴근하는 생활로 복귀하면서 내가 노인의 존재를 자연스럽게 잊은 탓인지도 몰랐다.

그러나 한 번씩 그 노인이 떠오를 때가 있었다. 우연히 낯선 골목을 지날 때, 걸음을 멈추고 어두운 골목 안쪽을 주시할 때. 그러면 미로처럼 이어진 이 골목에 내가 알지 못하는 수많은 사람들이 살아간다는 것을 새삼스럽게 깨닫게 됐다. 그건 너무 당연한 사실이지만 평소에는 까맣게 잊고 지낸다는 사실도. 어쩌면 그래서 모두가 아무렇지 않게 생활할 수 있다는 사실도.

모르는 일처럼

너는 냉장고 문을 열고 맥주 한 캔을 더 꺼낸다. 캔을 따고 맥주를 마시는 네 얼굴엔 이렇다 할 표정이 없다. 너무 피곤해서 눈을 감으면 그대로 잠이 들어버릴 것 같다.

그래서 그날 몇 명이 같이 갔다고?

너는 윗입술 끝에 달라붙은 맥주 거품을 닦아내며 묻는다.

다섯 명. 아니 네 명. 부장은 일이 있다고 빠졌거든.

부장이 사무실을 나간 다음, 인턴이 오늘은 그만 일찍 가서 쉬고 싶다고 말한 기억이 난다. 밥만 먹고 가. 밥만. 어차피 밥은 먹어야 하잖아. 차장이 목소리를 높였고, 대리와 나, 인턴이 순서대로 차장을 따라 나왔다. 엘리베이터를 기다리는 동안 인턴이 무슨 말을 하려고 했던 것 같다. 바로 곁에 서 있는 나와 몇 번인가 눈이 마주쳤는데 내가 말했다.

그냥 밥만 먹고 가요.

예약한 식당으로 가는 동안 인턴은 말이 없었다. 그러나 식당에 도착하고 나서는 수저를 챙기고, 물을 따르고 하면서 부산하게 움직였다. 불 앞에서 고기를 굽고 자르느라 발갛게 상기되어 있던 인턴의 얼굴이 떠오른다. 마늘을 올리고, 버섯을 뒤집고, '이거 다 익었어요. 드세요' 하면서 불판 끝으로 고기를 밀어주던 모습도 생각난다. 인턴과 마주 앉은 차장이 한 점을 집어 먹고, 차장 곁에 앉은 내가 한 점을 집어 먹고, 대리가 고기 한 점을 더 집을 때까지도 인턴은 가스 불을 조절하고, 먹기 좋은 크기로 고기를 자르느라 분주했다.

보기엔 쉬워 보여도 고기 굽는 거 이거 은근히 힘들다니까. 내가 구울게. 이리 줘요, 줘보라니까.

차장이 두어 번쯤 그런 말을 했던 기억이 난다. 집게와 가위를 내놓으라는 듯 허공에 손을 흔들던 모습. 언제 그랬냐는 듯 금세 손을 거두고 젓가락을 찾아 쥐던 모습도 생각난다. 스피커에서 흘러나오던 음악 소리, 커다란 환풍기 소리, 웃고 떠드는 사람들의 목소리 탓에 인턴이 무슨 말을 했는지는 떠오르지 않는다. 아니, 무슨 말을 한 것 같기는 한데 어떤 말인지 기억이 나지 않는다. 생각해보면 늘 그랬던 것 같다.

분위기는 괜찮았고?

너는 멍하니 베란다 창 쪽을 보다가 정신을 차린 듯 나와 눈을 맞춘다. 주차장 쪽에서 자동차 경보음이 끈질기게 이어지다가 그친다.

괜찮았지. 괜찮았던 것 같아.

내가 답한다. 그러니까 이튿날 인턴이 SNS에 더는 못 참겠다고 글을 올릴 만한 기미 같은 건 없었다는 의미다. 그 글에 보란 듯 차장과 대리, 나를 태그하고 회사 이름까지 해시태그로 달 줄 몰랐다는 뜻이다.

과장님, 그 글 봤어요?

대리가 소곤거릴 때까지도 일이 이렇게 커질 줄 몰랐다는 말이다.

무슨 일 있었던 거 아니야? 진짜 아무 일 없었어? 아무 일도 없는데 왜 걔가 그런 글을 올린 거야? 솔직하게 말해봐. 무슨 일인지 알아야 해결하든 말든 할 거 아니냐고. 그 자리에 있었던 사람이 제일 잘 알 거 아니야.

부장에게 그런 불쾌한 추궁을 들어야 할 이유는 전혀 없었다는 이야기다.

그래? 그럼 그 사람은 왜 그런 글을 올렸을까? 이상하네.

네가 빈 맥주 캔을 구기며 혼잣말을 한다.

이상하지?

나는 그렇게 대꾸하며 다시금 그날 모두가 둘러앉아 식사를 하던 장면으로 되돌아간다.

어디 가서 커피나 한잔 할까?

식사를 마치고 모두 밖으로 나왔을 때 차장이 말했다. 그 순간, 인턴의 곤혹스러운 표정을 본 것 같기도 하다. 커피만 마시고 가요. 커피 마시는 거, 오래 걸리지도 않잖아요. 다시금 대리와 내가 거들고. 어느새 도로 쪽을 내다보며 방향을 가늠하고 적당한 카페를 검색한 건 인턴이었다. 카페를 발견하고, 가장 먼저 들어가서 네 사람이 앉을 수 있는 자리를 찾고, 주문을 하고, 커피 네 잔을 주문해온 것도 인턴이었다.

결혼을 앞둔 대리가 신혼여행과 결혼 준비에 관한 이야기를 하고, 홍콩 출장을 준비하는 차장이 시시콜콜한 불만을 털어놓고, 내가 사무실 캐비닛을 정리하고 소모품을 구비하는 문제에 대해 떠드는 동안에도 인턴은 말없이 고개를 끄덕이고, 공감한다는 듯 맞장구를 쳤다.

우리와 함께 있을 때는 아무렇지 않은 척 굴다가 모두가 다 보는 SNS에는 회사 사람들이 싫다, 괴롭다, 미치겠다, 죽고 싶다는 긴 글을 올린 이유가 뭘까. 직장 상사들이 해야 할 일을 자신에게 미루고, 시시때때로 부려먹고, 자신의 업무가 아닌 일을 강요했다고 적은 이유가 뭘까. 인턴이라고 얕잡아보고 무시하고 인간 취급 안 한다고 쓴 이유가 뭘까.

한번 읽어볼래?

나는 너에게 스마트폰을 건네준다.

누구나 언제든 읽을 수 있고 읽은 뒤엔 제멋대로 해석하고 오해할 수 있는 글을 올려놓고도 인턴은 며칠 동안 아무런 말이 없었다. 댓글이 하나둘씩 늘어나고 사람들이 그글을 이리저리 퍼 나르는 동안에도, 부장과 차장이 수시로 이유와 사유를 물어보는데도, 인턴은 여느 때처럼 캐비닛의 비품을 정리하고 경비를 계산하고 예산서를 작성하고, 차장이나 과장, 대리나 내가 해야 할 일들을 대신 처리하는 데에만 몰두했다.

작정하고 쓴 것 같은데? 도대체 왜 그런 거래?

너는 하품을 하며 스마트폰을 되돌려준다. 너의 얼굴 위로 졸음이 어른거린다. 눈을 감으면 순식간에 잠들 것 같다. 오늘 아침 나를 세워놓고 도대체 인턴이 왜 그런 글을 올렸느냐고 추궁하던 부장의 얼굴 같다. 자신과는 아무 관련이 없다는 표정. 이런 일은 네가 좀 알아서 하라는 말투.

결국 내가 왜 그런 글을 올렸느냐고 물었을 때 인턴은 내 눈을 보며 되물었다.

몰라서 물으시는 거예요? 정말요?

인턴의 목소리에 노여운 기색이 가득했다. 도대체 이런 목소리가 어디 있었을까 싶을 정도로. 시키는 일을 하고, 시키지 않은 일도 하고, 나중에는 누구 일인지도 모르는 일들을 도맡아 하면서도 늘 고분고분했던 인턴의 모습은 사라지고 없었다.

나도 모르지. 진짜 왜 그랬는지 모르겠어.

그럼 그냥 너도 모르겠다고 해. 다들 모르겠다고 한다며?

너의 그 말이 머릿속에서 어떤 장면들을 불러온다. 이를테면 인턴이 하겠지, 하고 내가 내버려두었던 일들. 괜찮겠지, 하고 내가 넘겨버렸던 일들. 밥을 먹거나, 커피를 마시는 것처럼 매일 반복됐던 일들. 대단한 일이 아닌 사소한 일들. 그래서 모른 척했던 일들. 나중엔 아주 당연하게 여겼던 일들. 도대체 이렇게까지 소란을 떨 필요가 있을까 싶던 일들.

그러니까 나는 인턴이 올린 그 글 때문에 질책을 당하고, 입방아에 오르고, 혐의를 쓰게 될까 봐 걱정하고 있는지도 모른다. 겨우 몇 개월 일하고 나갈 인턴 때문에 궁지에 몰리게 될까 봐 전전긍긍하는지도 모른다.

모른다고 할까?

내가 묻고 네가 답한다.

모른다며?

응, 난 모르지.

나는 다짐을 하듯 그렇게 중얼거린다. 네가 빈 캔을 찌그러뜨린다. 그런 후엔 냉장고에서 맥주 하나를 더 꺼내온다. 나는 계속 생각에 잠겨 있다. 정말 모르느냐고 묻던 인턴의 얼굴이 머릿속에서 떠나지 않는다.

연습해보자.

네가 말하고 내가 묻는다.

뭘?

모른다고 해보라고.

나는 맥주를 한 모금 마시고 너와 눈을 맞춘다. 다시금

냉담한 인턴의 얼굴이 되살아난다. 너의 얼굴에 약간은 장난스러운 표정이 어른거린다. 졸음이 가시고 뭔가 재밌는 걸 발견한 사람 같다.

그런데 모른다고 하면 모르는 게 되나?

내 입에서 불쑥 그런 말이 새어 나온다. 너는 듣지 못한 것 같다. 나는 망설인다. 마음이 조마조마해진다.

해봐, 내가 부장이라고 생각하고. 모른다고 해봐. 그냥 연습하는 거잖아.

너는 팔짱을 끼고 나의 대답을 기다린다. 나는 맥주 한 모금을 마시고 너와 눈을 맞춘다. 갑자기 네가 아니라, 인턴과 마주하고 있는 기분이 든다. 아니, 도무지 끝날 것 같지 않던 인턴 시절의 나를 마주하고 있는 착각이 든다. 다 잊었다고 여겼던, 다 지나갔다고 믿었던, 그렇지만 분명 내가 겪었던 과거의 어떤 장면들을 마주하고 있는 것 같다. 머릿속이 복잡해진다. 맥락도 순서도 없이 기억들이 불쑥불쑥 튀어 오른다.

얼른 해봐. 어려운 것도 아니잖아. 얼른!

네가 두 손으로 테이블을 가볍게 두드린다. 나는 모른다, 모른다, 중얼거리지만 그 말을 꺼낼 수 없다. 그 말은 입 안에서 맴돌 뿐 밖으로 나오지 않는다. 어떻게 해도 그 말은 할 수가 없다.

기다리면 기다릴수록

너는 열린 창밖으로 고개를 빼고 아래를 내려다보는 중이다. 환하고 따뜻한 봄 햇살이 좁은 골목을 가득 채운다. 너는 담배를 꺼내 물며 중얼거린다.

왜 안 와? 지금쯤 도착해야 하는 거 아냐? 다시 전화해 볼까?

정오까지 틀림없이 오겠다던 사장은 출발했다, 가고 있다, 다 왔다, 곧 도착한다, 하면서도 나타날 기미가 없다. 수평이 맞지 않는 책상, 칠이 벗겨진 캐비닛, 보풀이 일어난 소파와 앉을 때마다 끽끽 소리가 나는 사무용 의자까지. 사무실 한쪽은 방치된 집기들로 엉망이다.

오겠지. 좀만 더 기다리자.

나는 무릎 높이까지 쌓인 서류 뭉치와 파일을 뒤적거리며 대답한다.

이 인간, 오늘은 주겠지? 진짜 오늘은 주겠지?

네가 창 너머로 담배꽁초를 내던지며 말한다. 대답을 기대하는 말이라기보다는 주문을 외는 것 같다. 너는 사무실 안을 이리저리 걸어 다니기 시작한다. 불안이 가시지 않는 듯 주먹으로 가볍게 벽을 때리고, 천장을 올려다보며 한숨을 내쉰다.

뭐가 이렇게 급해? 사무실 옮기고 나서. 사무실만 옮기면 금방 정리해준다니까. 이제까지 기다렸잖아. 며칠만 더 기다려.

사장이 그렇게 말할 때마다 너는 대들었고, 나는 수긍했다. 정말 며칠만 기다리면 사장이 지금껏 밀린 월급을 모두 지급해줄 거라고 믿은 거였다. 정오가 지난다. 나는 창밖으로 고개를 내민다. 아무런 인기척도 느껴지지 않는다. 골목에는 소름 끼치도록 고요한 정적뿐이다.

야, 근데 사고 났대.

네가 말하고, 내가 되묻는다.

무슨 사고? 사장이야? 못 온대?

나는 오늘까지 사장에게 꼭 받아야 하는 금액을 생각한다. 돈을 받지 못할 경우 벌어질 수 있는 구차하고 구질구질한 일들을 떠올린다. 순식간에 머릿속이 불이 켜진 것처럼 번쩍번쩍한다.

아니, 사장 말고. 배. 배가 가라앉을 뻔했다는데?

무슨 배?

나는 얼빠진 표정으로 휴대폰을 내려다보는 네 곁으로 간다. 100명, 200명, 300명. 손바닥만 한 화면 속에 비스듬히 기울어진 배가 있다. 화면 속의 배는 너무 작아서 그렇게 많은 사람을 태울 수 있을 것 같지 않다. 네가 움직일 때마다 푸른빛으로 가득한 화면이 저절로 일렁거리는 것 같다. 너는 손으로 빠르게 스크롤을 내리고, 눈으로 빠르게 글자들을 훑는다. 기사를 읽는 너의 표정이 심각해진다. 그러는 동안에도 창 너머는 고요하기만 하다.

다 구했대. 우리 일이나 신경 쓰자.

너는 한순간 창을 닫고, 휴대폰을 호주머니에 넣어버린다. 나는 그래? 하고 만다. 어쨌든 다 구했다니까, 모두 무사하다니까, 그렇구나 한다. 그러곤 곧 그 일을 잊어버린다. 창밖으로 차 소리가 지나간다. 그러나 내다보면 배달하는 오토바이거나 택배 차량이다. 어디에도 사장의 SUV 차량은 보이지 않는다.

아, 이 인간, 왜 안 와! 이번에도 속인 거면 진짜 가만 안 둬. 가만 안 둘 거야.

너는 순간적으로 머리칼을 힘껏 움켜쥐었다가 놓는다. 창 너머로 경적이 들린다. 우리는 재빨리 창가로 다가간다. 건물 앞에 1톤 트럭이 서 있다. 운전석에서 파란 점퍼를 입은 사람이 내린다. 너와 내가 있는 건물 3층을 올려다보는가 싶더니 절뚝거리며 건물 안으로 들어선다. 잠시 후, 누군가 사무실 앞을 기웃거리는 기척이 난다. 조심스럽게 노크를 하고 인기척을 기다리던 누군가가 문을 열고 사무실 안으로 들어온다. 그 남자다. 파란 점퍼를 입은 남자.

아저씨, 뭐예요? 누구예요?

너는 남자에게 다가가며 묻는다. 그 사람의 시선이 묘하게 너를 비켜나는 것 같다. 다시 보니 두 눈의 초점이 맞지 않는다. 도대체 어디를 보고 있는 건지 알 수가 없다.

혹시 사장님이 보냈어요?

이번엔 내가 묻는다. 남자는 균형을 잡듯 고개를 숙이고 두 발의 무게중심을 아주 느리게 바꾼다. 남자의 운동화에 축축한 흙이 달라붙어 있다. 먼지가 묻은 바지 밑단이 노르스름하다.

지, 짐을 가, 가져가려고 와, 왔는데요. 시, 심부름요.

저런 몸으로 무슨 짐을 옮기나. 옮길 수나 있나. 내가 그런 생각을 하는 사이 너는 계속 화가 치솟는 모양이다. 얼굴이 붉게 달아오르고 목소리가 떨린다.

무슨 짐이요? 여기 짐이요?

네가 묻고 그 사람이 어쩔 줄 모르겠다는 얼굴로 대답한다.

이, 이거 버, 버리는 거 아, 아니에요?

아저씨, 누구예요? 누가 그래요, 이거 버린다고. 버리는 거 아니니까 나가요. 당장 나가라고요. 이상한 사람이네.

너는 그만 나가라는 손짓을 하며 그 사람을 사무실 밖으로 내몬다.

버, 버리고 가, 갈 거면 나, 나한테 마, 말해요. 꼬, 꼭 좀 부, 부탁합니다.

너에게 떠밀리다시피 하며 그 사람이 건네준 건 조그마한 명함이다. 폐품, 재활용, 수거 전문. 상호는 없고 전화번호만 적힌 그 명함을 나는 멀리 던져버린다.

아, 다시 전화해볼까? 왜 안 와? 또 물 먹이는 거 아니겠지? 이 새끼, 진짜.

네가 중얼거리고 내가 답한다.

내가 전화해볼게. 있어봐.

나는 사장에게 전화를 건다. 통화 연결음이 이어진다. 너는 바퀴 달린 의자를 발로 차고, 높이 쌓인 서류 뭉치를 쓰러뜨린다. 의자가 미끄러지며 책상을 때리고 책상 위에 쌓여 있던 잡동사니가 와르르 쏟아진다. 분이 안 풀린다는 듯 너는 철제 선반까지 쓰러뜨린다. 요란한 소리가 바닥을 때리고 메아리처럼 웅웅 울린다.

안 받네. 기다려보자.

나는 쓰러진 선반 위에 주저앉으며 말한다. 기다려도 소용이 없을 것 같다. 사장은 오지 않을 것 같다. 두고 간 집기처럼, 망가진 가구처럼, 우리도 이곳에 버린 것 같다. 그러나 나는 기다려보자고 한다.

조금만 더 있어보자.

12시 50분. 1시 15분. 2시 2분이 지난다. 시간은 느리지만 또 아주 빠르게 흐른다. 나는 창가에 서서 골목을 내려다본다. 길고양이 한 마리가 지나가고, 깔깔거리는 아이들 무리가 지나간다. 차에서 크기가 다른 상자를 내리는 택배기사와 강아지를 끌고 산책하는 노인이 보인다. 자전거를 타고 골목을 지나는 여자도 있다.

사장은 보이지 않는다. 사장은 끝까지 나타나지 않는다.

개자식. 아, 이 새끼.

네가 중얼거린다.

신경이 곤두선다. 나는 다시금 사장에게 전화를 건다. 이제는 통화 연결음조차 들리지 않는다. 전화는 곧장 차단되는 듯하더니 아예 전원이 꺼져 있다는 안내 멘트가 흘러나온다.

이 새끼를 그 배에 태워야 하는데.

너는 수평이 맞지 않는 의자에 앉아 중얼거린다.

무슨 배?

내가 묻고 너는 빙글빙글 의자를 돌리며 대꾸한다.

아까 그 배.

다 구했다며.

그래. 아무튼 사장 새끼 혼자 거기 태워야 한다고!

100명, 200명, 300명. 수많은 사람이 탄 배가 뒤집어졌다고 한다. 가라앉고 있다고 한다. 나는 상상 속에서 사장을 그 배에 태운다. 사장은 그곳에 혼자 있다. 아무도 그를 구하러 오지 않는다. 나는 구체적으로, 더 구체적으로 상상한다. 그럼에도 분노가 가시지 않는다. 괘씸함이 사라지지 않는다. 너는 고장 난 커터 칼을 만지작거린다. 드르륵드

르륵하는 소리가 위협적이다.

나도 점점 참을 수 없는 기분이 된다. 대학도 못 나오고, 나이도 어리고, 아는 것도 없어서 사장이 우리를 이용했다는 생각이 든다. 만만하게 보고, 실컷 부려 먹고, 지키지도 못할 약속을 남발하며 우리를 속였다는 생각이 든다. 몇 달째 월급도 주지 않고, 월급 없이 우리가 어떻게 버티는지 전혀 신경 쓰지 않는 사장에 대한 배신감이 치솟는다. 아니, 그런 줄도 모르고 달콤한 말에 속아서 여기까지 온 스스로가 바보 같다. 멍청하고 한심해서 견딜 수가 없다.

너는 못 참겠다는 듯 일어나서 철제 캐비닛을 걷어찬다. 나무 상판을 휘두르며 화분 하나를 보란 듯 깨부순다. 흙이 쏟아지고 먼지가 피어오른다. 쾅쾅거리는 소음이 텅 빈 사무실을 채운다. 지진이라도 난 것 같다. 순식간에 건물이 주저앉을 것 같다. 금방이라도 저 깊은 땅속으로 꺼질 것 같다. 아무도 우리를 구하러 오지 않을 것 같다. 누구도 우리가 여기 파묻혔는지 모를 것 같다.

나는 얼굴을 감싸 쥐고 고개를 숙인다.

그냥 짐을 팔자. 아까 그 사람한테 연락해서 이거 가져가라고 하자.

나는 캐비닛을 바로 세우고 서랍을 제자리에 끼우면서 말한다. 이거라도 팔면 얼마쯤은 주겠지, 의자는 조금 손보면 되니까, 고철은 꽤 값이 나가니까, 액자나 시계는 멀쩡하니까. 창가에 선 너는 대답 대신 커터 칼만 만지작거린다.

야, 내 말 안 들려? 이거라도 팔자고!

결국 내가 소리친다. 너는 반응이 없다. 나는 명함을 찾기 시작한다. 남자에게 받자마자 생각 없이 내던졌던 명함. 나는 엎드린 자세로 책상 아래를 살피고 손을 뻗는다. 손에 잡히는 건 먼지가 쌓인 중국집 전단지와 대부업체 광고지뿐이다. 남자가 건넨 명함은 보이지 않는다. 어디에도 없다. 허기가 진다. 햇살이 조금씩 더 사무실 안쪽까지 밀려든다.

몇 시야?

내가 묻고 네가 답한다.

2시 40분.

나는 한참 만에 명함 찾는 걸 포기한다. 뭘 해야 할지, 뭘 할 수 있을지 결정하지 못한 채 너와 나란히 소파에 앉는다. 고개를 들면 창 너머가 환하다. 눈이 부실 정도다. 침묵 속에서 우리는 성큼성큼 지나가는 오후를 지켜본다.

아무것도 아닌
모든 마음

소란스럽고 떠들썩한

엄마가 분명 2층이라고 말했는데 장례식장은 3층이었다.

아는 얼굴이 하나도 보이지 않아서 복도를 한참 서성이다가 전광판을 올려다봤는데, 거기 외할머니의 이름이 있었다. 302호실. 고인 유선숙. 상주 칸에는 큰외삼촌의 이름이 적혀 있었다.

어, 수경이 왔구나.

나를 가장 먼저 발견한 건 건호 오빠였다. 큰외삼촌의 아들. 사촌이라고 해도 일 년에 한 번 볼까 말까 한 사이인데다 대학을 졸업하고 나서는 거의 만난 적이 없었으므로 몹시 서먹했다. 나는 하얗게 흰머리가 올라오는 오빠의 정수리를 모른 척하며 웃어 보였다. 오빠도 틀림없이 나이가 든 내 모습 어딘가를 모른 척해주고 있을 거란 생각이 들어서였다.

안쪽에서 떠들썩한 소리가 새어 나왔다. 개 짖는 소리, 전화벨 울리는 소리, 엄마와 이모의 신경질적인 목소리가 차례로 흘러나왔다.

오빠가 소곤거렸다.

안에 지금 난리다. 은지가 강아지를 데려왔거든.

강아지를?

은지는 이모의 딸이었다. 어릴 때부터 총명해서 모두의 기대를 한 몸에 받던 은지는 명문대에 진학했고, 졸업 후에는 이름만 대면 모두 알 만한 기업에 입사했다고 들었지만 어떻게 지내는지 구체적으로 알지는 못했다.

적은 나이도 아닌데 왜 이렇게 어린애 같은 짓만 골라서 하는지 몰라. 아유, 속 터져. 여기가 강아지 데려올 자리야? 낼모레 서른인 애가 아직 그런 것도 구분을 못 하니, 그래? 창피스러워서, 원.

그렇게 소리치던 이모가 나를 보고는 놀란 듯 말을 그쳤고, 인사하듯 잠깐 내 손을 잡았다. 그게 다였다. 이모는 도무지 화가 가시지 않는다는 듯 그대로 자리를 떠버렸다.

다들 왜 그래? 도대체 뭐가 문제인지 모르겠어. 할머니가 호두를 얼마나 예뻐했는데. 할머니 마지막 가시는 길에 호두도 봐야지. 할머니한테 호두 보여드리는 게 이렇게 욕먹을 일이야?

은지는 이모가 자리를 뜬 걸 확인하고는 나에게 그렇게 하소연했다. 이 상황이 도무지 이해가 되지 않는 눈치였다.

애가 호두야? 할머니가 얘를 예뻐했다고? 진짜?

그럼. 호두 데려가면 할머니가 얼마나 좋아했는데. 나중엔 호두 한번 데려오라고 나한테 전화하고 막 그랬다니까.

호두는 갈색 푸들이었다. 자신을 반기지 않는 분위기를 눈치챘는지 호두는 은지 곁에 엉덩이를 붙이고 앉아 조용히 눈을 굴리고 있었다.

나는 의외라고 생각했다. 내가 기억하는 할머니는 동물을 그리 좋아하는 편은 아니었다. 내가 어렸을 때, 외갓집에는 판자를 이리저리 덧대어 만든 개집이 있었는데 거기 황구 한 마리가 살았다. 할머니는 매일 아침저녁으로 황구의 밥과 물을 챙겨주긴 했지만 그뿐이었다. 내가 황구 곁으로 다가가려고 하면 손이 더러워진다고, 냄새가 난다고 나를 만류하기 일쑤였다. 그리고 황구는 언제나 할머니가 먹다 남긴 밥을 먹었다. 된장국에 밥을 말아 갖다주면 황구는 늘 그걸 정신없이 먹어 치웠다.

빈소는 큰외삼촌이 지키고 있었다. 영정 사진 속 할머니는 무표정이어서 낯설었는데, 새삼 평소에 할머니가 표정이 얼마나 풍부했는지 생각해보게 됐다. 나는 영정 사진을 향해 두 번 절하고 빈소를 나왔다.

호두에서 시작된 소란은 잦아드는가 싶다가 다시 시작되고 또 시작되었다. 나는 이모를 달래는 게 좋을지, 은지를 감싸주는 게 좋을지 결정하지 못한 채 늦은 점심을 먹었다. 지칠 법한데도 이모와 은지 사이에는 말싸움이 끝없이 이어졌다. 두 사람은 과거의 일을 소환하고 지난날의 상처를 토로하느라 대화 속에서 호두의 존재가 슬그머니

완벽한 케이크의 맛

김혜진

완벽한 케이크의 맛은 존재할까요. 사람과 사람 사이에 완벽한 대화는 가능할까요. 김혜진 작가의 책 『완벽한 케이크의 맛』에 실린 열네 편의 짧은 소설들은 소통의 가능성을 탐구하면서 이 물음에 답을 합니다.

타인과의 만남은 자주 오해로 이어집니다. 우리는 각자 불안을 품고 있고, 상대의 감정은 물론 자신의 마음까지도 알 수 없기 때문에 관계에서 물러서곤 합니다. 오랜만에 만난 친구(「십 년」), 장례식장에서 조우한 가족(「소란스럽고 떠들썩한」), 미지근한 관계를 끌어가는 연인(「함께 산을 오를 때」) 들은 오해의 가능성 앞에서 주저합니다. 그렇지만 다른 한편으로 가능한 최선을 찾고자 합니다. 자신을 들여다봄으로써 타인을 이해하려 하고, 완벽하지는 않지만 온전한 소통의 빛을 발견해나갑니다.

그동안 서울역 노숙인, 퀴어, 재개발 지역 주민처럼 사회에서 소외된 이들을 다루어온 김혜진 작가는 이번 소설에서 사람과 사람 사이의 내밀한 관계로 그 관심을 확장합니다. 사회가 개인을 소외시키는 방식과 한 사람이 상대의 말에 귀를 닫는 맥락은 이어져 있습니다. 김혜진 작가는 '들리지 않음'이라는 일관된 선 위에서 듣기의 윤리를 고민합니다.

『완벽한 케이크의 맛』을 읽는 독자분도 이 책과 함께 최선의 대화를 나눠보시길 바랄게요.

마음산책 드림

사라지고 있다는 걸 눈치채지 못하는 듯 보였다.

고기 더 갖다줄까? 고기가 아주 연하더라. 배고프지? 많이 먹어.

얼마나 울었는지 눈이 빨갛게 충혈된 엄마는 내 곁에 앉아서 이것저것 챙겨주다가 한 번씩 호두를 내려다보았다. 마음에 들지 않는 눈치였다. 그러다가 테이블의 한 지점을 물끄러미 응시하며 생각에 잠겼고, 북받치는 듯 눈물을 훔쳤고, 한 무리의 사람들이 들어오면 언제 그랬냐는 듯 벌떡 일어나서 빈소로 갔다.

막내 외삼촌은 내가 식사를 다 끝낸 뒤에 왔다. 누군가와 함께 왔다는 건 나중에 알았다. 외삼촌 뒤편에 서 있던 여자는 어떻게 해야 할지 모르겠다는 얼굴로 주변을 살피다가 한참 만에 신발을 벗고 빈소로 들어섰다.

세상에, 문호가 쟤를 데려왔네. 이게 무슨 일이야, 도대체.

슬픔에 잠겨 있던 엄마의 두 눈에 반짝 불이 켜졌다. 엄마는 서둘러 빈소로 갔고, 이모가 재빨리 엄마를 뒤따라갔다.

여길 왜 왔어? 무슨 낯으로 여길 왔어?

이모의 목소리가 들렸고,

시끄럽게 하기 싫으니까 그만 돌아가요. 문호, 너는 생각이 있어, 없어? 엄마 죽고 나서도 괴롭힐 작정이야?

엄마의 나지막하지만 단호한 목소리가 이어졌다.

큰외삼촌과 막내 외삼촌이 실랑이하는 소리가 들리다가 말다가 했는데, 은지는 그 소란이 자신과는 상관없다는 듯 호두에게 무슨 말인가를 소곤거리고 있었다. 자신을 향하던 비난의 화살이 막내 외삼촌에게로 옮겨간 상황이 내심 반가운 모양이었다. 제 주인에게서 안도의 기색을 읽었는지 호두가 몸을 일으키고 기지개를 켰다.

막내 외삼촌이 데려온 여자가 오래전 이혼한 외숙모라는 건 나중에 알았다. 결혼 후 3년 만에 외삼촌과 이혼한 뒤, 식구들의 대화 속에서 늘 매정하고 매몰차며 상종 못할 인간으로 치부되던 사람. 그러나 처음 보는 막내 외숙모는 매정해 보이지도, 매몰차 보이지도 않았다.

네가 수경이구나. 마지막으로 봤을 땐 애기였는데. 이제 어른이 다 됐네.

큰외삼촌과 이모, 엄마의 홀대 속에서도 막내 외숙모는 자리를 뜨지 않았다. 막내 외삼촌과 나란히 앉아 식사를 했고, 나와 은지, 건호 오빠에게 다정하게 안부를 물었다. 이모와 엄마는 그런 외숙모를 주시하느라 요리조리 돌아다니는 호두의 존재를 까맣게 잊은 것 같았다. 은지가 수육을 조금씩 잘라 호두에게 먹이고 있는데도 그냥 내버려두었다.

아이, 이제 그만 좀 합시다. 형님이랑 누님들은 잘 모르잖아요. 이 사람이랑 나, 몇 년 전부터 어머니 종종 찾아뵙고 그랬어요. 그때 병원에 계실 때도 한 번씩 가면 얼마나 좋아하셨는지 몰라.

결국 못 참겠다는 듯 막내 외삼촌이 젓가락을 내려놓으며 말했다.

엄마가 퍽이나 그랬겠다!

그렇게 대답한 건 이모였고, 막내 외삼촌이 한마디 더했다.

아니, 내가 여기 엄마 보내드리려고 왔지, 누님들 잔소

리 들으러 온 줄 알아요? 내 인생 내가 산다는데 다들 왜
그래?

나는 억울하다는 듯 그렇게 토로하는 막내 외삼촌의 잔
에 조용히 맥주를 따라주었다. 엄마와 이모는 어디서나 목
소리가 컸고, 언제나 자신들 마음대로 하려는 경향이 있긴
했으니까. 한 번쯤은 엄마와 이모가 아닌 누군가가 이기는
것도 나쁘지 않을 것 같았다.

저녁 시간이 지나자 드문드문 이어지던 조문객들의 방
문이 끊겼다.

조문객들에게 음식을 내주고 비품을 관리하던 직원들마
저 떠나고 나자 접객실에는 가족들만 남았다. 그 무렵에는
날 선 공방도 소강상태에 접어들고, 가느다란 텔레비전 소
음만이 고요히 떠다니고 있었다.

이따가 아빠 오면 보고 가. 어차피 내일 휴가 냈다며.

몇 번이고 일어나려고 했지만 엄마가 그렇게 붙잡는 통
에 나는 조금 더 빈소에 머물렀다. 아빠는 저녁 9시가 넘어
서야 왔다.

그래, 왔구나.

아빠는 나에게 알은체를 하고 엄마에게 눈인사를 한 뒤 곧장 빈소로 들어갔다. 잠시 후 흐느끼는 소리가 들렸는데, 그게 아빠의 울음소리일 거라고는 생각하지 못했다.

니네 아빠, 왜 저런다니?

빈소에서 먼저 나온 이모가 내게 소곤거렸고, 맞은편에 앉은 은지가 핀잔을 주었다.

엄마, 그런 건 그냥 모른 척하는 거야.

아빠에게 왜 그렇게 서럽게 울었느냐고 묻진 못했다. 아빠는 고집스럽게 계속 빈소를 지켰으니까. 큰외삼촌이 만류하고, 이모가 불러보고, 나와 은지가 거듭 나오라고 권하는데도, 그저 고개만 내저을 뿐이었다. 아빠는 친할아버지가 돌아가셨을 때보다 훨씬 더 슬퍼 보였다.

그날 그곳에서 벌어진 일들이 내게는 좀 당혹스러웠다.

할머니는 아흔에 가까웠고, 오래 병석에 계신 탓에 모두 할머니의 임종을 충분히 예상하고 있었다. 게다가 내가 기억하는 할머니는 엄격하고 무서운 사람이었다. 무슨 말이든 속에 담아두는 법이 없었고, 자신이 납득하지 못하는 사안에 대해서는 끝까지 묻고 따지려고 했다. 그래서 때론 깐깐하고 까탈스러운 것을 넘어 괴팍하다는 인상을 줄 정도였다.

입 놔뒀다가 뭐해. 잘못했으면 잘못했다, 다시는 안 그러겠다, 사과부터 해야지. 아직 어리다지만 그 정도는 알 나이 아니냐? 안 그러냐?

내가 잘못을 저지르고 엄마에게 호되게 꾸지람을 듣는 와중에도 할머니는 내 편을 들어주거나 나를 감싸준 적이 없었다.

그건 엄마에게도 마찬가지였다.

넌 내 자식이지만 성질이 어찌 그리 고약해. 세상 혼자 살 수 있는지 알아? 성질도 죽이고, 남들 생각도 하고 해야지.

그러나 내가 할머니에게 어떤 다정함과 따뜻함을 느끼지 못한 건 아니었다. 어린 시절, 토마토 밭에서 새빨간 토마토를 따다주고, 다디단 옥수수를 쪄주고, 어느 밤에는 실감 나는 목소리로 흥미진진한 이야기를 끊임없이 해주던 할머니의 모습이 내게도 어떤 그리움으로 남아 있었다.

막내 외삼촌에게는, 아빠에게는, 은지에게는, 이모에게는, 엄마에게는 할머니가 전혀 다른 사람이었을 수 있겠구나, 싶었다. 그건 지금껏 한 번도 해보지 못한 생각이었다.

나는 유족들을 위해 마련된 휴게실에서 잠깐 눈을 붙였다. 다시 접객실로 나왔을 땐 자정이 가까운 시각이었다. 놀랍게도 가족들은 모두 한 테이블에 둘러앉아 있었다.

수경이 일어났구나. 너도 여기 와서 앉아라.

큰외삼촌이 나를 불렀고, 나는 막내 외숙모 곁에 자리를 잡았다. 이모가 무슨 이야기를 하는 중이었는데 이모의 말이 끝나기도 전에 엄마가 반박했고 막내 외삼촌이 가세했다. 실랑이를 하는가 싶었는데 깔깔거리는 웃음소리가 터졌고, 높낮이가 다른 목소리가 엎치락뒤치락했다. 몇 시간 전까지 서로를 향해 쏟아내던 실망, 원망과 미움 같은 감정은 까맣게 잊은 사람들 같았다.

술기운 탓인가.

나는 테이블 아래에서 끙끙거리는 호두에게 무릎을 내주며 중얼거렸는데, 맞은편에 앉은 은지가 황당하다는 얼굴로 어깨를 으쓱해 보였다.

나는 막내 외삼촌이 따라주는 맥주를 몇 잔 마시고 일어났다. 돌아가기엔 늦은 시각이었고, 어떻게 할지 결정하지 못한 채 빈소 앞에 멈춰 섰다. 환한 조명 아래, 영정 사진 속 할머니의 모습이 보였다.

지금 가려고? 늦었는데 내일 할머니 보내드리고 가. 그래도 되잖아.

어느새 뒤따라온 이모가 내 곁에서 소곤거렸다. 대답할 말을 찾지 못했는데 이모는 한마디 더 했다.

그나저나 우리 엄마 정말 돌아가셨나 보네. 진짜 말 한마디를 안 하시네. 옆에 계셨으면 잔소리에, 꾸지람에, 정신없이 퍼부었을 양반이. 세상에, 이제 한마디 말이 없네.

이모는 다시금 북받치는 듯 울먹거렸다.

정말이지 할머니는 아무런 말이 없었다. 당신 자식들이 서로를 탓하며 날 선 비난을 주고받는 와중에도, 일방적인 기억으로 서로의 어린 시절을 홍보는 동안에도. 옳다 그르다, 맞다 틀리다, 훈수를 두지 않고, 틀린 것을 바로잡아줄 생각도 하지 않고. 무표정한 얼굴로 침묵을 지키고 있었다.

그러지 뭐. 내일 갈게요.

그렇게 대답하며 돌아보았는데, 이모는 못 참겠다는 듯 다시 가족들이 모여 있는 테이블로 돌아가는 중이었다.

수경이 너도 얼른 이리 와서 앉아. 얼른!

이모가 가족들 사이에 자리를 잡고 앉으며 손짓했다.

나는 영정 사진 속 할머니를 한 번 더 올려다본 뒤 돌아섰다. 고요해진 할머니로부터 겨우 몇 걸음 떨어진, 그러니까 수없이 많은 슬픔으로 소란스럽고, 또 수많은 기쁨으로 떠들썩한 가족들 사이에 다시금 자리를 잡고 앉았다.

십 년

어느 날 저녁,

수지는 낯선 번호로 걸려 온 전화를 받았다. 그런 전화
는 대체로 받지 않는 편이었지만 그날은 이상하게 호기심
이 일었다.

여보세요? 혹시 신수지 씨 휴대폰 아닌가요?

전화를 받자 주저하는 듯 조심스러운 목소리가 흘러나
왔다.

맞는데요. 누구세요?

수지가 물었고 상대가 답했다.

수지니? 신수지? 나야 미란이. 이미란. 너 정말 신수지

맞아?

목소리에 놀라움과 반가움의 기색이 어른거렸다.

두 사람은 고등학교 친구였다. 고등학교 시절 내내 붙어 다니다시피 했고, 각자 다른 대학에 진학한 뒤에도 계절이 바뀔 때면 한 번씩 꼭 만나곤 했는데 어느 순간 연락이 끊겨버렸다. 두 사람 사이에 특별한 사건이 있던 건 아니었다. 취업에 목을 매던 시기도, 직장을 다니던 상황도 아니었는데, 수지는 새삼 그게 참 이상하다는 생각이 들었다. 십 년 만에 연락이 닿았는데도 조금의 서먹함도 없이 자연스럽게 대화를 주고받을 수 있다는 사실 또한 놀랍고 신기했다.

얼마 만이야, 이게. 언제 얼굴 한번 보자. 아니다, 지금 그냥 날짜를 정할까?

그래서 수지는 불쑥 그렇게 말해버렸다.

미란이 자신의 근황을 차근차근 순서대로 전하고 있을 때였다. 서른이 되던 해에 결혼했고, 아이 둘을 낳았고, 이년 전 대전으로 이사했다고 이야기하던 미란은 반색하며 물었다.

정말? 너 바쁘지 않아? 나야 좋지, 너무 좋지. 언제 만날래?

미란이 사는 모습은 수지의 기억 속 미란과 어울리는 듯 보였고, 또 조금 의외라는 생각이 들었다. 거기까지였다. 수지는 미란에 대해, 미란과의 만남에 대해 깊이 고민하지 않았다. 만나면 더 많은 이야기를 나눌 수 있다고 생각했고, 서로에게 좋은 시간이 될 거라고 믿었다.

토요일 오후, 두 사람은 서울역에서 만났다. 대전으로 가겠다는 수지를 만류하며 미란이 서울로 온 거였다. 기차가 도착할 때마다 개찰구로 사람들이 쏟아져 나왔고, 이리저리 흩어지는 사람들 사이에서 수지는 미란을 찾기 위해 부지런히 움직였다.

혹시 수지, 수지 맞지?

미란은 약속한 시각보다 20분 늦게 나타났다. 잠자코 기다리던 수지가 미란에게 전화를 걸어 막 신호음이 가던 참이었다.

어머, 미란이구나. 언제 왔어?

웬일이니. 나도 계속 여기 서 있었는데. 난 네가 늦는 줄 알았어.

두 사람은 허탈하게 웃으며 인사를 나누었다. 눈이 마주칠 때마다 두 사람의 시선이 어색하게 비켜났는데, 두 사람 모두 그것에 대해 말하지 않았다. 둘은 역사를 나와 붐비는 광장 쪽으로 걸었다. 오가는 사람들 탓에 두 사람 사이는 멀어졌다가 가까워지기를 반복했고, 그때마다 대화가 갑자기 중단됐다.

수지는 역사 뒤편 골목으로 미란을 안내했다. 식당과 카페가 즐비한 거리는 고요했다. 가게들은 그대로였지만 셔터가 내려져 있거나 임대, 무권리, 휴업 따위의 안내문이 붙은 곳이 많았다. 골목 끝까지 걸어갔지만 들어갈 만한 가게는 보이지 않았다.

한참 만에 두 사람이 자리를 잡은 곳은 프랜차이즈 카페였다. 실내는 좁고 어두웠다. 카페 입구에서 호떡을 굽고 있는 탓에 실내는 기름 냄새가 자욱했고, 음악 소리가 꽤 컸다.

가게들이 이렇게 다 문을 닫은 줄은 몰랐네. 미안. 더 근사한 거 대접하고 싶었는데.

샌드위치와 커피를 내려놓으며 수지가 말했고, 미란이 커피 잔을 감싸쥐며 답했다.

뭐 먹는지가 뭐 중요하니? 얼굴 보는 게 중요하지. 근데 시간 정말 빠르다. 진짜 딱 십 년 만이야. 그지? 그래, 그동안 넌 어떻게 지냈어?

미란이 물으면 수지는 짧게 답했고, 다시금 비슷한 질문을 던졌다. 길게 설명을 보태지 않으려면 자신의 근황이나 상황에 대해서는 가능한 한 간결하게 말할 수밖에 없었고, 최대한 요약해서 전달할 필요가 있었다. 두 사람의 대화는 밋밋하게 흘러갔다. 아니, 흐른다기보다는 제자리를 느리게 맴도는 느낌이었다.

한순간 실내에 흐르던 음악이 바뀌었다.

어머, 너 이 노래 기억하지?

그렇게 물은 건 미란이었고, 수지가 고개를 끄덕였다.

그건 두 사람이 대학생일 때 유행했던 가요였다. 도무지 앞으로 나아가지 않던 대화는 추억을 소환하면서 활기를 띠기 시작했다.

아, 맞다. 수지, 너 기억나? 우리 1학년 때, 동아리에서 너 2학년 선배랑 싸웠던 거. 그때 너 진짜 당차 보였는데. 처음엔 뭐 저런 애가 있지, 생각했다니까.

넌 누가 보기만 해도 부끄러워했잖아. 애들이 말 시키면 금방 얼굴이 빨개져서. 난 그게 참 신기했는데.

두 사람은 자신이 기억하는 서로의 모습을 하나씩 사이좋게 꺼내놓으며 자주 웃었다. 때때로 기억은 일치하지 않았고, 도무지 떠오르지 않는 장면도 있었으나 수지는 캐묻거나 반박하지 않았다. 미란도 마찬가지였다. 두 사람 사이에는 십 년의 공백이 있고, 그 공백이 많은 것들을 바꿔놓았다는 것을 두 사람 모두 모르지 않았으니까.

십 년은 긴 시간일까.

수지는 역사 앞에서 미란을 배웅하며 그런 생각을 했다.

십 년은 서로에 대한 기억을 간직할 수 있는 시간인 동시에 서로에 대한 기억을 지울 수 있는 시간이었다. 뭔가는 고스란히 남고, 또 뭔가는 흔적도 없이 사라질 수 있는 시간. 두 사람 사이엔 이제 그런 여백 같은 시간이 흐르고 있는 셈이었다.

더 있다가 가면 좋은데 애들 때문에 쉽지가 않네. 또 금방 보자. 조만간 내가 또 올게. 그땐 진짜 밤 늦게까지 놀 거야. 나 분명히 말했다!

개찰구 앞에서 미란은 명랑하게 인사했고, 개찰구 안쪽으로 들어갔다.

그래, 조만간 또 봐.

수지는 손을 흔들며 미란의 뒷모습을 지켜보았다.

그 조만간이 일 년이 될지, 이 년이 될지, 다시 십 년이 될지 장담할 순 없었다. 그리고 다시 만날 땐 서로의 기억에서 또 얼마간 비켜난 모습이 되어 있을 거였다.

그럼에도 수지는 미란을 다시 만나고 싶었다. 오늘 자신이 만난 건 미란뿐만이 아니라 지난 시절 자신의 모습이기도 하다는 것을, 과거의 나를 만나는 건 그 시절을 함께 지나온 누군가를 통해서만 가능하다는 것을, 미란을 통해 실감한 덕분인지도 몰랐다.

안강에서

아버지가 안강에 가보고 싶다고 말한 건 몇 해 전 봄입니다.

저녁 무렵이었고, 반쯤 열린 베란다 창으로 이제 막 움튼 잎사귀들의 여리고 비릿한 냄새가 흘러들고 있었습니다.

안강? 거기는 왜요?

젓가락으로 약간 질다 싶은 밥알을 이리저리 뒤적거리고 있던 나를 대신해 동생이 물었습니다. 아버지는 그곳에 고모가 산다고 말했습니다.

더 늦기 전에 한번 가봐야겠다.

스물다섯인가 여섯인가. 고모는 집안 식구들이 반대하

는 결혼을 하고 안강으로 떠나버렸다고 했습니다. 몇 년 뒤엔 오겠지, 내년쯤에는 틀림없이 오겠지, 언젠간 오겠지, 기다리던 가족들의 기대를 보란 듯이 묵살하고 고모가 그곳에 정착한 지 40년이 넘었다는 설명이 이어졌습니다. 그 후 몇 년에 한 번씩 짧은 전화 통화를 주고받았지만 최근 몇 년간은 그마저도 없었다는 아버지의 말이 이어지는 동안에도 나는 어둑어둑한 베란다 창 너머를 내다보기만 했습니다.

사실 아버지와 길게 대화를 나누지 않은 지는 꽤 오래되었습니다. 아버지의 생신이라고 아버지와 나, 동생까지 세 사람이 4인용 식탁에 둘러앉은 것도 어머니가 돌아가시고 나서는 처음 있는 일이었습니다.

그래요? 뭐 어려운 일인가요. 한번 가면 되지. 다녀오세요. 제가 모셔다드릴게요.

동생은 그렇게 약속했지만, 정확히 한 달이 지나고 고모네 집에 가기로 한 날 아침, 급한 일이 생겼다며 아버지를 터미널까지만 모셔다 달라고 내게 부탁했습니다. 정말 터미널까지만 모실 생각이었는데, 터미널 입구도 찾지 못하고, 도무지 어디로 가야 할지 모르겠다는 표정으로 주변을 두리번거리며 서 있는 아버지를 그대로 두고 올 수가 없었습니다.

괜찮다. 혼자 얼마든지 간다. 그만 가봐라.

고집을 부리던 아버지는 내가 말없이 조수석 문을 열고 버티자 체념한 듯 걸어와 차에 올라탔습니다. 아마도 아버지는 망설이고 있었던 것 같습니다. 고모를 만나지 못했던 40여 년의 세월이 갑자기 큰 부담으로 다가왔을지도 모르지요. 내가 그대로 자리를 떴다면 택시를 타고 조용히 집으로 돌아갔을지도 모릅니다. 시치미를 떼고 더는 안강이니 고모니 하는 이야기를 꺼내지 않았을지도 모릅니다.

고모네 집은 차로 세 시간 거리였습니다. 해안에 가까워지자 풍경은 점점 단조로워졌습니다. 비슷비슷해 보이는 집들과 도대체 어디에서 어디로 이어지는지 알 수 없는 골목을 30분 넘게 헤맨 끝에 찾아낸 집은 바다가 바로 내다보이는 단층 주택이었습니다.

여기네요.

내가 차창을 열고 칠이 벗겨진 초록색 대문을 가리켰지만, 아버지는 전방을 내다보며 말이 없었습니다. 근처 공터에 차를 세우고 시동을 끈 다음에도 차에서 내릴 생각이 없는 사람처럼 깍지 낀 손을 내려다보기만 했습니다. 나는 잠자코 기다렸습니다. 아버지가 그만 돌아가자고 하면 그렇게 할 생각이었습니다.

그래, 여기까지 왔으니 얼굴은 봐야겠지. 너도 가서 인사해라.

한참 만에 아버지는 결심한 듯 차에서 내렸고, 철제 대문 앞까지 간 다음 망설이는 기색 없이 대문을 밀고 집 안으로 들어섰습니다. 마당 한쪽, 널찍한 평상에 둘러앉아 마늘을 까고 있던 서너 사람이 동시에 우리를 바라보았습니다. 나이와 체형, 옷차림과 표정, 주름과 굽은 자세까지 자매지간처럼 꼭 닮은 그들 중 누가 나의 고모인지 알아볼 수 없었습니다. 불쑥 들어온 우리 두 사람의 방문이 당혹스럽긴 그 사람들도 마찬가지인 듯 누구도 선뜻 말을 건네지 않았습니다.

실례합니다. 혹시 여기가…….

아버지가 어렵게 입을 열었고, 집 안에서 누군가의 목소리가 들렸습니다.

한범석 씨?

새까맣게 머리를 물들인 중년 여자가 다가와 그렇게 묻지 않았다면 집을 잘못 찾아왔다고 생각했을 겁니다. 고모와 통화해 자신의 방문을 미리 알렸다는 아버지가 또 뭔가 착각한 게 틀림없다고, 아버지가 벌인 일에 또다시 시간과 에너지를 낭비했다고, 나 자신을 탓했을 겁니다.

여자는 확인하듯 한 번 더 물었습니다.

범석 오빠? 큰오빠 맞아요?

평상에 앉아 있던 사람들이 언제 자리를 떴는지 모르겠습니다. 어쨌든 그 사람들이 모두 가고 나서야 아버지와 내가 평상 끝에 자리를 잡고 앉았습니다. 내 인사를 받은 고모는 잠깐 나와 눈을 맞춘 뒤 매실차를 내왔습니다. 그 매실차를 다 비우고 나서야 아버지와 고모 사이에는 비로

소 대화라고 할 만한 말들이 오가기 시작했습니다. 고모는 차분한 목소리로 자신의 현재에 대해서만 말했고 아버지도 그렇게 했습니다.

지금은 어디에 살고, 누구와 산다. 지금은 이런 일을 하고, 이렇게 하루를 보낸다. 지난달에는, 지난주에는, 며칠 전에는 이런 일이 있었다.

둘은 먼 과거의 이야기를 꺼내지 않기 위해 필사적으로 노력하는 듯했습니다. 과거가 생략된 두 사람의 이야기는 어떤 접점도 없이 평행선처럼 이어졌습니다. 뭔가 드라마틱한 장면을 기대했던 나로서는 조금은 맥이 빠지는 일이기도 했습니다.

바닷가라 태풍이 올 땐 조심해야겠다.

저녁까지 있다가는 폐를 끼치겠다고 판단했는지, 오후 4시가 넘자 아버지는 내 핑계를 대며 몸을 일으켰습니다. 평상 아래 벗어둔 구두를 찾아 신으며 아버지는 그렇게 중얼거렸고 고모는 빈말로라도 아버지를 붙잡지 않았습니다.

고작 이런 대화를 나누려고 여기까지 왔나 싶은 생각이

들었지만 뒷좌석에 앉아 눈을 감은 아버지의 모습은 고단해 보였고 나도 더는 말하지 않았습니다. 그해 연말이 되기 전, 두어 차례 더 고모네 집에 들렀던 기억이 납니다. 어쨌든 거기 한번 다녀왔다는 이유로, 고모와 안면을 익혔다는 이유로, 동생이 아버지를 모시고 그곳에 오가는 일을 번번이 내게 미뤘기 때문입니다.

그리고 이듬해 늦봄인가.

다시 고모네 집을 방문했을 땐 꽤 늦은 시각까지 그곳에 머물렀습니다. 그날은 스치듯 인사만 했던 고모부가 동석했고, 저녁 식사가 끝난 뒤엔 고모가 직접 담갔다는 과실주를 내왔습니다. 여전히 서먹서먹하고 어색한 분위기가 남아 있었지만 어쨌든 시간이 조금은 더 흐른 뒤여서 잠깐씩 편안함을 느끼기도 했습니다.

아버지와 나는 밤 9시가 넘어서야 자리에서 일어났습니다. 고모와 고모부가 우리를 배웅하려고 대문 밖까지 따라나왔습니다. 그러니까 그때까지만 해도 고모가 그런 말을 할 거라고는 전혀 예상하지 못했습니다.

오해하지 말고 들어요.

아버지와 고모부가 앞서가고, 몇 걸음 떨어져서 걷는 나를 고모가 조용히 불러 세웠습니다. 그리고 이제 더는 이곳에 오지 않았으면 좋겠다는 뜻을 내비쳤습니다. 자신에겐 이 모든 일이 갑작스럽고, 낯설고, 불편하다고. 아버지에게 솔직하게 말하고 싶지만 차마 그럴 수가 없다고. 그러니 자신의 뜻을 분명하게 전해달라고. 내가 무슨 대답을 했는지는 기억나지 않습니다. 당혹스럽고 난처한 기분이 든 탓에 곧장 차에 올라 시동을 걸었고, 집이 가까워 올 무렵이 되어서야 그 말을 꺼낸 고모의 마음을 차분하게 짐작해볼 수 있었습니다.

그 후 아버지가 고모에게 연락을 했는지, 하지 않았는지 나는 잘 모릅니다. 혼자서 고모네 집을 다시 찾아갔는지, 가지 않았는지도. 어쨌든 고모의 그 말을 전한 이후로 아버지가 안강에 가고 싶다고 말한 적은 없습니다.

이것이 몇 년 만에 불쑥 연락해온 당신에게 할 만한 이야기인지 잘 모르겠습니다. 괜찮으면 한번 만나고 싶다는

당신의 연락을 받고 헤아려보니 우리가 마지막으로 봤던 게 6년 전이더군요. 6년은 긴 시간일까요. 하지만 생각하기에 따라 그리 길지 않은 시간처럼 느껴지기도 합니다.

그날 고모의 마지막 말은 이것이었습니다.

조심해서 가요. 운전 조심해요.

아무렇지 않은 표정으로, 그토록 일상적인 인사를 건네면서, 두 번 다시 아버지를 만나지 않겠다고 결심한 고모의 마음은 어떤 것이었을까요. 혈육에 대한 애증, 세월에 대한 회한. 원망과 자책, 후회와 체념. 어쩌면 그 무엇도 아니고 그 모든 것일지도 모르는 마음을 이제 나는 어렴풋이 알 것도 같습니다.

그러니까 고모는 알고 있었던 겁니다. 아버지에 대해, 자신에 대해, 지난 시절에 대해, 어떤 감정이라 할 만한 것이 조금도 남아 있지 않다는 것을. 아버지가 기억하고 떠올릴 수 있는 자신의 모습이 이제 모두 사라지고 없다는 것을. 그래서 그 공동空洞 같은 시간을 메울 길이 더는 없다는 것을 말입니다.

아니, 어쩌면 고모에게는 지난 삶보다 지금의 삶이 훨씬 더 중요했던 것이 아닐까요. 고모는 자신이 지나온 과거의 일들이 현재의 삶을 엉망진창으로 만들 여지를 남기고 싶지 않았던 것이 아닐까요.

6년은 길다면 길고, 짧다면 짧은 시간이지만 나는 그 시간을 거슬러 갈 만한 뭔가가 우리 사이에 남아 있다고 생각하지 않습니다. 불쑥 당신의 연락을 받고 나서야 그때 고모가 왜 그렇게 말할 수밖에 없었는지 나는 비로소 온전히 이해한 기분이 듭니다. 고모에게도 그건 쉽지 않은 결정이었겠지만 그렇게 할 수밖에 없었던 어떤 마음을 나는 헤아리게 된 셈입니다. 그리고 이것이 당신에게 할 수 있는 내 대답의 전부입니다.

극락조

나흘간 해외에 출장을 가게 되었다는 수연의 전화를 받으며 희나는 이번만큼은 무슨 일이 있어도 곤란하고 어려운 부탁은 들어주지 않겠다고 결심했고 정말 그렇게 했다.

미안한데 이번엔 어려워.

그런 대답을 들을 거라고는 예상하지 못했는지 수연은 잠시 말이 없었다. 그런 뒤엔 무겁게 가라앉은 분위기를 떨쳐내듯 다정한 목소리로 한 번 더 사정했다.

정말 안 돼? 그냥 딱 하루만 들러주면 돼. 잠깐 들러서 애들 베란다에 내놓고 물만 주면 되잖아. 30분도 안 걸려. 모르는 사람을 집에 들이는 게 안 내켜서 그래. 너도 알잖

아. 지난번에 괜찮은 사람 같아서 부탁했다가 어떻게 됐
는지.

얼마 전 집을 닷새 동안 비웠을 때, 수연은 인터넷 커뮤
니티에서 매일 집에 들러 화분을 돌봐주겠다는 사람을 구
했고, 그 사람에게 하루 만 원씩 총 5만 원을 선불로 지급
했다. 그러니까 귀가한 수연이 거의 말라 죽기 직전의 콩
고와 산세베리아를 확인하고, 그 일로 그 사람과 거의 두
달 넘게 끝나지 않는 싸움을 벌이게 될 거라고는 수연도,
희나 역시도 예상하지 못했다.

이 많은 화분을 어디에다가 옮겨 놓을 수도 없고, 아무
나 들이자니 불안하고. 오죽하면 내가 이렇게 또 부탁을
하겠어.

힘껏 닫아건 마음 한가운데에 틈이 생기고 그 틈으로 다
시금 감정이라 할 만한 것이 새어 드는 듯했으므로 희나는
그즈음에서 다시 거절의 의사를 분명히 밝히고 전화를 끊
어버렸다. 무슨 말이든 더 듣게 되면 이끌리듯 또다시 알
겠다고 말할 자신을 모르지 않기 때문이었다.

수연이 출국하던 날 희나는 잠깐 수연을 떠올렸지만 그뿐이었다. 그 집의 널찍한 베란다를 장악하다시피 하고 있는 화분들의 안부에 대해서는 가능한 한 떠올리지 않으려고 애썼다. 어쨌든 수연이 책임지고 기르는 식물들이고 나름대로 방법을 찾았을 거라는 생각 때문이었다.

화분들은 어떻게 하고 갔어?

그러나 이튿날 그 빈집에 주인 없이 남겨진 화분들의 안부를 물은 건 희나였다.

이틀에 한 번씩 와주겠다는 사람이 있어서 부탁했는데 연락이 안 되네. 가봤는지 어쨌는지 모르겠어. 걱정이 돼서 일이 하나도 손에 안 잡혀.

괜한 걸 물었다는 생각이 들었고 알아서 하겠지 생각했지만 전화를 끊고 나서부터는 화분들이 몸을 비틀며 말라가는, 한 번도 본 적 없는 끔찍한 상상들이 희나를 괴롭히기 시작했다. 아니, 희나를 괴롭힌 건 그런 장면을 떠올리며 수시로 마음을 졸이고 있을 수연에 대한 걱정이었다.

그제야 희나는 자신이 또다시 내부의 어떤 버튼을 겁 없이 눌러버렸다는 걸 알아챘다.

잠깐 들렀다 오지 뭐. 다 살아 있는 것들인데 말려 죽이면 안 되니까.

희나는 수연의 집으로 향하는 가파른 골목에 잠깐씩 멈춰 설 때마다 그렇게 혼잣말을 했고, 집을 비울 일이 있을 때마다 자신에게 아쉬운 소리를 할 수밖에 없는 수연의 처지를 생각했고, 어쨌거나 15년 넘게 수연과 나눠온 우정을 떠올렸다.

희나는 집 안으로 들어서자마자 곧장 베란다로 나가 문을 열고, 화분들을 내놓고, 흠뻑 물을 주고, 잠시 맑은 공기를 쐬어주었다. 정말 거기까지만 할 생각이었다. 그러나 자그마한 화분들이 상대적으로 키가 큰 화분들 아래 놓인 것을 그대로 두고 보기가 어려웠다. 화분들의 위치를 이리저리 바꾸며 골고루 햇볕을 쐬어주느라 그날 희나는 수연의 집에 두 시간 남짓 머물렀다.

물을 흠뻑 주었고 환기도 충분히 했으니 수연이 돌아올 때까지는 식물들이 잘 버텨주지 않을까, 생각했지만 다음

날 오후 희나는 다시 수연의 집으로 갔다. 수연이 돌아왔을 때 평소와 다름없이 건강하고 싱그러운 식물들을 마주했으면 하는 바람 때문이었다.

사실 희나는 식물에 대해서 잘 알지 못했다.

오래전 누군가 선물로 준 선인장 화분 몇 개를 들인 적이 있고, 저절로 싹이 나기 시작한 고구마를 플라스틱 물통에 넣어 길러봤지만 그게 식물을 키운 경험의 전부였다. 그러나 수연의 집 베란다 한가운데 늠름하게 자리 잡은 극락조의 줄기가 비스듬히 기울어져 그대로 두면 균형을 잃고 쓰러질 거라는 것쯤은 희나도 충분히 알아볼 수 있었다.

일을 벌이지 말아야지 생각했지만 희나는 어느새 소매를 걷어붙이고 극락조 화분 앞에 쪼그리고 앉았다. 흙을 퍼내고 삐딱하게 기울어진 극락조의 줄기를 똑바로 세운 뒤 지금보다 조금만 더 깊게 심어볼 생각이었다. 30분 안에 끝날 일이라고 생각했고 어려운 일이 아니라고 여겼지만, 희나가 예상한 것보다 그 도자기 화분이 크고 무겁다는 게 문제였다.

희나는 베란다 이곳저곳을 뒤져 모종삽을 찾아냈고 그 걸로 화분의 흙을 퍼내기 시작했다. 제법 많은 흙을 덜어 냈는데도 극락조의 뿌리는 드러나지 않았다. 바닥으로 향할수록 입구가 좁아지는 화분 구조 탓에 어느 순간부터는 삽을 이용해 흙을 푸는 것도 어려웠다. 희나는 한 손으로 극락조 줄기를 잡고, 다른 한 손으로는 무거운 화분을 뒤집어 남은 흙을 모두 쏟았다. 화분 아래 깔린 자그마한 돌맹이까지 모두 쏟아내고 나서야 극락조를 화분 한가운데 반듯하게 세울 수 있었다.

희나는 퍼낸 흙을 두 손으로 모아 다시금 조심스럽게 화분 안에 담아 넣었다. 흙이 고루 퍼지게 하기 위해 자주 화분을 흔들어야 했고 그때마다 극락조가 쓰러지지 않게 주의를 기울여야 했다. 어디선가 피가 나고 있다는 건 나중에 알았다. 화분 바닥을 지탱했던 새끼손가락 끝에서 피가 흐른다는 걸 인지하고 나서야 쓰라린 통증이 선명해졌다. 흙이 묻은 데다 피가 계속 쏟아지고 있어서 어디를 얼마나 다쳤는지 알아볼 수가 없었다. 도자기 화분 바닥이 깨졌고, 깨진 화분에 새끼손가락 끝이 깊이 베였다는 건 응급실에 도착한 뒤에야 알았다.

칼에 베인 거예요? 상처가 꽤 깊은데? 어쨌든 큰일 날 뻔하셨네요. 서너 바늘 정도 꿰매야 해요. 일단 잠시 기다리세요. 지금 응급환자들이 많아서요.

의사는 핏자국으로 얼룩덜룩한 희나의 손끝을 살펴보고는 소독을 하고, 밴드를 붙이고, 지혈을 위해 손가락 아래를 고무줄로 고정한 뒤 그렇게 말했다. 희나는 환자와 보호자, 의사와 간호사 들이 뒤섞여 몹시 붐비는 응급실 복도 한쪽에 어렵게 자리를 잡았다. 누군가는 울고, 누군가는 소리치고, 서로를 찾고 부르는 목소리로 응급실 주변은 소란스러웠다. 휠체어와 간이침대가 빠르게 응급실을 드나들었고, 구급대원이 뛰어들어 오기도 했다. 그런 광경을 보는 동안엔 고작 손가락을 다친 자신의 상처는 사소한 것 같았고, 더 위급한 사람들의 처치가 끝날 때까지 기다리는 게 마땅하다는 생각이 들었다.

저릿저릿하지 않으셨어요? 이상하다 싶으면 바로 물어

보셨어야죠.

그러니까 의사가 40분이 넘도록 복도 의자에 우두커니 앉아 있던 자신을 그렇게 나무랄 거라고는 예상하지 못했다.

네? 기다리라고 하셔서 기다리고 있었던 건데요.

의사는 서둘러 고무줄을 제거했고, 밴드를 떼어낸 뒤 상처를 살폈다. 희나의 새끼손가락은 새파랗다 못해 시꺼멓게 변해 있었다. 의사는 간호사에게 언성을 높였다.

이거 보이죠? 피가 안 통해서 시꺼멓잖아요. 이대로 더 뒀으면 그대로 괴사해요. 그럼 손가락을 잘라내야 한다고요. 그러면 누가 책임질 겁니까?

앳되어 보이는 간호사가 이렇다 할 대답이 없자 의사는 한마디 더 했다.

응급실에 환자 많은 게 하루 이틀 일이에요? 아무리 정신이 없어도 그렇지. 상태를 잘 살펴야죠.

희나는 불그스름한 빛깔로 되돌아오는 새끼손가락을 내려다보았다. 손가락을 잃을 뻔했구나, 하는 생각이 들었고, 40분이 넘도록 왜 한마디 말도 하지 않고 내내 다른 사람들에게 순서를 양보하고 있었던 걸까, 하는 자책이 들었다. 생각은 매번 집을 비울 때마다 당연한 듯 화분들을 부탁하는 수연에 대한 원망으로 이어졌고, 이런저런 부탁을 할 때만 연락을 해오는 주변 사람들에 대한 미움으로 번졌다.

다음엔 참지 마시고, 이상하면 반드시 말을 하세요. 여기 응급실이라 정신없이 돌아가거든요. 먼저 말을 해야 한다고요. 아셨죠?

의사는 마취주사를 놔주며 그렇게 당부했다. 주삿바늘이 빨갛게 벌어진 속살 깊숙이 들어갔고, 희나는 이를 악물고 통증을 참아냈다. 네 바늘을 꿰매고 응급실을 나오는 동안에도 희나는 의사에게 이렇다 할 대답을 하지 않았다.

손가락이 잘릴 수도 있었어.

근처 약국에서 약을 처방받아 나왔을 때에야 희나는 그렇게 혼잣말을 했다. 두려움과 놀라움 같은 것들로 경직되어 있던 마음이 비로소 움직이는 듯했다. 욱신거리고 따끔거리던 손끝의 통증이 한결 나아진 덕분인지도 몰랐다.

나 있을 때보다 애들 상태가 더 좋아졌네. 너 극락조도

다시 심었어? 뭐 하러 그래, 괜히 미안하게. 아무튼 진짜 고마워. 정말 너밖에 없다.

이튿날 저녁, 귀가한 수연은 희나에게 전화를 걸어 그렇게 인사했다. 그 전화를 받을 즈음엔 수연에 대한 원망은 또 거짓말처럼 사라지고 없었다. 희나는 손가락을 다쳤다고 이야기하지 않았고, 여느 때처럼 일상적인 안부를 짧게 나눈 뒤 전화를 끊었다.

다친 손가락의 통증은 차츰 잦아들었다.

일주일 뒤 실밥을 풀고 며칠이 더 지나자 상처 자국도 점점 옅어졌다. 그럼에도 이따금 새끼손가락 끝의 감각이 둔해졌음을 깨닫게 될 때가 있었다. 아주 차갑거나 뜨거운 것을 만질 때. 손톱깎이로 손톱을 정리할 때. 습관적으로 손끝을 만지작거릴 때. 그러면 손을 벤 그날의 일이 생생하게 떠올랐고, 응급실에서 느꼈던 공포와 두려움이 되살아났다.

희나가 다시 수연의 집에 간 건 몇 달 뒤였다.

수연의 보살핌 덕분에 화분들은 여전히 싱그럽고 건강

했다. 그리고 희나가 발견한 건 이전에 봤을 때보다 키가 훨씬 작아진 극락조였다.

이거, 그때 그 화분 아니야?

희나가 물었고 수연이 답했다.

귀엽지? 키가 컸을 땐 도대체 어디까지 자라나 싶어서 무섭더니, 키가 작아지니까 또 앙증맞고 귀여운 거 있지.

왜 이렇게 작아졌대, 갑자기?

아, 걔가 좀 아팠던 거 같아. 사람이랑 똑같지 뭐. 아플 때도 있고 그런 거지.

수연이 다른 화제를 꺼내는 바람에 희나는 더 묻지 못했다. 수연의 말처럼 식물도 아플 때가 있는 모양이라고 생각하고 말았다. 자신이 화분을 엎고, 뿌리를 다치게 한 탓에 극락조가 심하게 몸살을 앓았다고는 상상하지 못했다. 시들시들한 극락조를 되살리려고 수연이 며칠씩 휴가를 내며 고생을 했다는 이야기도 나중에 들었다.

왜 말 안 했어?

시간이 더 흐른 뒤 희나가 물었는데 수연은 명랑한 목소리로 대답했다.

뭐 하러 말해. 그냥 그런가 보다 하고 넘어가는 거지. 네가 일부러 그런 것도 아니잖아.

말을 해야 알지. 말 안 하면 어떻게 알아?

희나는 무심하게 대꾸했지만 마음속에서 뿌옇게 자리 잡고 있던 뭔가가 깨끗하게 걷히는 느낌을 받았다. 그 순간, 어느 때보다 수연의 마음이 투명하게 들여다보였다. 자신이 그런 것처럼 수연 안에도 꺼내지 않았던 수많은 말들이 존재했다는 것을, 그런 말들이란 기다리면 어느새 또 저절로 사라져버린다는 것을, 그 기다림 덕분에 관계가 이렇게 이어진다는 것을 깨닫게 된 거였다.

아주 먼 여행

운전기사는 새벽 6시를 훌쩍 넘기고 왔다.

날이 환하게 밝은 뒤였다. 5시에 집합하고 무슨 일이 있어도 5시 10분에 출발할 거라던 여행사 사장의 약속은 지켜지지 않은 셈이었다. 그럼에도 형식적인 사과 한마디 없었다. 사무실 입구에서 내내 큰길 쪽을 내다보던 사장은 멀찌감치 운전기사가 걸어오는 것을 발견하고는 목소리를 높였다. 기사를 나무라는 건가, 싶었는데 큰소리로 농담을 주고받는 것 같았다. 두 사람은 이를 드러내며 웃었고, 두 손으로 이마를 감싸 쥐며 폭소를 터트리기도 했다. 어차피 그들이 하는 말을 알아들을 수 없었으므로 나는 바닥에 내려놓았던 가방을 챙겨 들었다.

헤이! 미니버스, 미니버스!

사장은 손으로 길 건너편을 가리켰다. 길 건너편에서 기사가 손을 흔들었고 짐을 챙긴 사람들이 그쪽으로 이동했다. 가서 보니 미니버스가 아니라 9인용 승합차였다. 타이어는 말라붙은 진흙으로 누렇게 변해 있었고, 먼지가 낀 창도 지저분하긴 마찬가지였다. 칠이 벗겨지고 녹이 슨 자국도 여러 군데였다. 도대체 이런 고물 차로 목적지까지 갈 수 있을까, 하는 걱정이 들 정도였다.

프랑스인 노부부가 가장 뒤쪽 좌석에 앉았다. 세 명이 앉을 수 있는 자리였지만, 체구가 큰 그 부부가 앉고 나자 겨우 가방 하나를 세워둘 공간만 남았다. 나와 독일인 남자가 프랑스인 부부 앞쪽 좌석에 앉고 맞은편 좌석에 현지인으로 보이는 여자 둘이 자리를 잡았다. 여자들은 끊임없이 기사와 대화를 나누었고, 바닥에 내려놓은 짐들을 살필 때마다 주의를 주듯 나와 독일 남자를 흘겨보았다. 뭐가 들었는지 알 수 없는 여자들의 보따리에서 풀 비린내 같은 것이 계속 올라왔다. 나는 창 쪽으로 이동해서 창을 조금 열었다.

난 2년 전에 여기 왔었어. 이번이 두 번째야. 나미브사막 알지? 그곳보다 여기가 훨씬 더 아름다워. 넌 여기 와봤니?

차가 출발하고 널찍한 도로에 진입했을 때 독일인 남자가 물었다. 좌석 아래를 가득 채운 짐들 탓에 꼼짝없이 두 발을 붙이고 있어야 했고, 편하게 몸을 움직일 수가 없었다. 나는 앞을 보는 것도, 옆을 보는 것도 아닌 애매한 자세로 답했다.

나는 이곳에 처음 왔어. 사람들이 아름답다는 이야기를 많이 했어. 정말 기대돼.

그러자 뒤쪽에 앉은 프랑스인 남자가 끼어들었다. 자신들은 몇 해 전에 왔었는데 그때는 건기여서 풍경이 그다지 아름답지 않았다는 이야기였다. 영어로 이야기하던 그는 아내를 돌아보며 동의를 구하듯 무슨 말인가를 더 했다. 그때부터는 프랑스어를 썼기 때문에 무슨 대화를 하는지 알아들을 수가 없었다. 아마도 정확하게 생각나지 않는 지난 여행의 기억을 서로 맞춰보는 듯했다.

이곳은 정말 환상적이야. 지금 너희가 뭘 상상하든 그것보다 훨씬 좋을 거야. 아름답다는 말로는 부족해. 여긴 천국이야. 파라다이스!

운전기사는 룸미러 속에서 눈을 맞추며 엄지를 치켜들었다. 모든 관광객에게 하는 판에 박힌 멘트라는 걸 알면서도 묘하게 가슴이 뛰기 시작했다.

몇 해 전부터 이곳에 오기 위해 계획을 세우고, 경비를 모으고, 느닷없이 발생하는 일상의 사고 같은 일들을 처리하느라 정신없이 지냈던 지난날이 떠올랐기 때문만은 아니었다. 그보다는 정말 내가 이곳에 있구나, 진짜 여기까지 왔구나, 하는 실감이 들었고, 그 실감이 어떤 흥분을 일으키는 거였다.

지금껏 나는 이렇게 먼 곳을 여행한 적이 없었다.

저기 봐. 저쪽 너머 사막이 보이지?

현지인 여자들이 손가락으로 창밖을 가리켰다.

대화는 영어와 스페인어, 독일어와 프랑스어 사이를 숨

가쁘게 오가며 더디게 이어졌다. 자연스럽게 자기소개까지 마치고 나자 서먹서먹하던 분위기가 부드러워졌다. 모두가 점잖은 사람들처럼 보였다. 다들 아름다운 풍광을 누릴 자격이 있는 사람들처럼 여겨졌다. 이런 사람들과 한 팀이 된 것이 다행이라는 생각마저 들었다.

승합차는 직선으로 곧게 뻗은 2차선 도로를 따라 나아갔다. 도로 양옆은 아무것도 없는 황무지였다. 아니, 황무지처럼 보이지만 그것이 사막의 일부이고, 목적지가 멀지 않았다는 걸 느낄 수 있었다. 그렇게 생각하자 가슴이 두근거렸다. 그건 다큐멘터리영화나 잡지에서 보던 엄청난 풍경을 곧 마주하게 된다는 설렘이었다. 몇 년을 벼르고 떠나온 여행이었고, 기대감으로 며칠간 잠을 설치다시피 한 것도 뒤늦게 생각났다.

차는 얕게 물이 고인 사막에 진입하기 전 정차했다. 현지인 여자 둘이 그곳에서 하차했다. 나머지 사람들은 모래바람이 날리는 간이식당에서 늦은 점심을 먹은 뒤 다시 차에 올랐다. 차가 사막 안쪽으로 천천히 진입하기 시작했다.

기사가 차창을 모두 내렸다. 푸른 하늘이 바닥에 깔린 물 위에 그대로 비치고 있었다. 하늘과 땅을 구분하는 건 가느다란 지평선뿐이었고, 그래서 고개를 돌릴 때마다 같은 풍경이 계속 이어지는 듯한 착각이 일었다. 모두가 창밖을 내다보느라 정신이 없었다. 모두가 나처럼 창 너머 펼쳐진 풍경에 완전히 압도된 얼굴이었다.

자, 여기서 한 시간 머무를 거야.

기사는 사막 한가운데 차를 세우고 큰 목소리로 말했다. 독일인 남자가 가장 먼저, 그다음 나와 프랑스인 부부가 차례로 하차했다. 물이 찰박이는 바닥은 얼룩덜룩한 잿빛이었는데 손가락으로 찍어 맛보자 아주 짰다. 소금 결정으로 이뤄진 사막이라는 말이 거짓이 아닌 모양이었다.

기사는 지루한 표정으로 보닛에 걸터앉아 관광객들을 구경했다. 눈이 마주치면 웃으며 손을 흔들었고, 사진 찍는 시늉을 하며 눈을 깜빡이기도 했다. 그리고 한참 만에 다시 봤을 땐 보닛을 열고 고개를 숙인 채 뭔가를 살피는 중이었다.

여러분, 차에 문제가 생겼어. 곧 돌아올게.

기사가 관광객들에게 큰 소리로 그렇게 외친 뒤 차를 몰고 나갈 때까지만 해도 그걸 심각하게 받아들이는 사람은 아무도 없었다. 관광객을 싣고 온 승합차가 그 차 한 대뿐만은 아니었으니까. 약간씩 떨어져 있긴 해도 사방은 들뜬 모습의 관광객들로 붐비고 있었으니까.

나도 한동안은 다른 사람들처럼 사진을 찍는 데에 정신이 팔렸다. 내가 프랑스인 부부의 사진을 찍어주었고, 독일인 남자가 내 사진을 찍어주었다. 나중엔 내가 가져간 셀카 봉으로 단체 사진을 여러 장 찍기도 했다.

이후 프랑스인 노부부는 다정하게 손을 잡고 사막 여기저기를 산책하듯 걸어 다녔다. 독일인 남자는 삼각대로 고정한 카메라 앞에서 물구나무서기를 하고, 제자리뛰기를 했다. 나는 그런 사람들을 구경하며 풍경 사진을 찍었다. 사진은 모두 비슷비슷했다. 거의 똑같다고 해도 무방했다. 달라진 구름의 모양 정도로만 다른 사진이란 걸 겨우 구분할 수 있었으니까.

얼마나 지났을까.

멀찌감치 서 있던 승합차들이 시동을 걸고 관광객들을 불러 모으는 소리가 들렸다. 나갈 준비를 하는 모양이었다. 여기저기 정차해 있던 차들이 속도를 높여 차례로 멀어졌다. 표지판 하나 없는 빈 종이 같은 이곳에서 내비게이션도 없이 어떻게 길을 찾아 가는지 신기한 노릇이었다.

그렇게 한 시간이 더 지났다. 서서히 노을이 깔리기 시작했다.

나는 프랑스인 부부 곁에 머물렀고, 독일인 남자도 카메라를 챙겨 우리 곁으로 왔다. 우리는 눈앞에 펼쳐진 풍경에 대해 짧게 감상을 나누었다. 각자 찍은 사진을 보여주며 감탄하기도 했다. 그러는 동안에도 우리를 태우러 와야 할 승합차의 모습은 보이지 않았다.

아까 운전기사가 우리를 여기에다 내려준 거지? 여기가 맞지? 그렇지?

프랑스인 여자의 그 질문이 모두가 모른 척하고 있던 두려움을 깨웠다. 나는 주변을 둘러보았다. 지금 이 자리가 처음 우리가 차에서 내렸던 곳인지 아닌지 확신하기가 점점 더 어려웠다. 엉뚱한 장소에 있는 우리를 기사가 영영 찾지 못할 수도 있다는 불안이 커진 것도 그때부터였다.

헤이, 헤이!

한순간 독일인 남자가 뛰기 시작했다. 멀리 깜빡이를 켜고 서행하는 승용차를 향해서였다. 무슨 일인가 하고 지켜보는데 조그마해진 남자의 실루엣이 재빨리 차 안으로 사라져버렸다. 뒤쫓아 가려고 했지만 차는 순식간에 멀어졌다.

나는 프랑스인 노부부와 그곳에 남았다.

주변이 어둑어둑해지기 시작했다. 내가 어디쯤 서 있는지, 어디서부터 얼마나 걸어왔는지, 입구가 어디이고 출구가 어디인지, 아무것도 가늠이 되지 않았다. 뭔가를 물어볼 사람도, 도움을 청할 사람도 없는 막막한 곳에 내던져진 기분이었다.

할 수 있는 건 기다리는 것뿐이었다. 멀리 불빛 같은 것이 보일 때마다 우리를 데리러 온 차가 아닐까 하는 기대감이 들었고, 아니라는 걸 확인할 때마다 두려움이 커졌

다. 그럼에도 프랑스인 부부가 나를 두고 가버릴 거라곤 생각하지 못했다. 그들은 어디론가 계속 전화를 걸었고, 통화가 끝난 뒤엔 격앙된 목소리로 대화를 나누었다. 성난 얼굴로 서로에게 고함을 쳤고, 허공을 향해 알 수 없는 말을 쏟아내기도 했다.

오토바이 두 대가 온 건 30여 분이 지난 뒤였다. 오토바이 하나에 한 사람씩. 부부가 각기 다른 오토바이에 올라타는 동안 나는 계속 사정했다. 나를 향해 고개를 흔들던 오토바이 기사는 못 이긴 듯 짧은 영어로 이렇게 말해주었다.

걱정하지 마. 차가 곧 올 거야. 내가 약속할게. 괜찮아. 기다려. 조금만 더 기다려.

나는 멀어지는 오토바이 불빛을 보며 서 있었다. 사방은 온통 어둠이었다. 어둠뿐이었다. 그것이 공포심과 두려움 같은 감정들을 무섭게 부풀렸다. 방향도, 높이도, 시간도 사라져버린 공간. 그곳에서 나는 아주 작은 점 하나가 된 기분이었다.

그제야 내가 아주 먼 곳에 왔다는 실감이 들었다. 그건 내가 한 번도 예상한 적 없는 먼 곳을 여행하고 있다는 선명한 자각이었다. 여행을 떠나오기 전 내가 꿈꿨던 어떤 것들이 이런 오싹한 풍경으로 실현될 수 있다는 깨달음이기도 했다.

나는 그 자리에 우두커니 서 있었다. 할 수 있는 건 누군가가 나를 데리러 오기를 기다리는 것뿐이었다. 내가 아는 익숙한 세계로 무사히 돌아갈 수 있기를 바라는 것뿐이었다.

나지막한
주파수처럼

완벽한 케이크의 맛

일요일 오후, 두 사람은 시청 앞 광장에서 만난다.

금요일 밤의 들끓는 열기도, 토요일 오후의 느긋함도 다 지나가버린 애매한 시간. 광장은 시위하는 사람들과 그들이 세워놓은 텐트, 피켓 같은 것들로 어수선하다. 한파가 예보된 탓인지 거리엔 오가는 사람이 드물고 바람은 매섭다. 확성기에서 쏟아져 나오는 구호 소리, 음악 소리 탓에 두 사람은 몇 차례 엇갈린 후에야 시청 정문 앞에서 조우한다.

어디 있었던 거야?

그녀가 묻고 그가 되묻는다.

아까부터 여기 있었는데. 왜 못 봤지? 넌 언제 왔는데?

두 사람은 자신이 어디에 있었는지를 설명하기 위해 주변을 두리번거리며 시청 뒤쪽으로 걷기 시작한다. 하늘은 어둑어둑하고 금방이라도 비가 내릴 것 같다. 두 사람은 횡단보도 두 개를 건너고, 몇 차례 함께 들렀던 적이 있는 카페를 지나치고, 새로 오픈한 서점과 꽃집, 베이커리와 식당을 차례로 지난다.

두 사람이 자리를 잡은 곳은 좁은 골목 안쪽, 북엇국을 전문으로 하는 식당이다. 종업원이 자리를 안내한다. 묵직한 코트를 벗고 나서야 두 사람은 서로의 안부를 물을 수 있다.

어떻게 지냈어? 얼굴 좋아 보이네.

그가 컵에 물을 따르며 말하고 그녀가 답한다.

그럴 리가. 나 아침에 거울 보고 나왔거든?

그는 차가운 바람을 견디느라 빨갛게 얼어버린 그녀의 얼굴을 힐끔거린다. 그녀는 지난번 봤을 때보다 약간 살이 붙은 것 같고, 눈 밑까지 내려온 다크서클 탓에 약간 피로

해 보인다. 북엇국 두 그릇이 나온다. 두 사람은 뜨거운 김이 피어오르는 커다란 대접에 얼굴을 파묻다시피 하고 늦은 점심을 먹는다. 이따금 그녀가 콧물을 훌쩍이는 그에게 티슈 몇 장을 건네주고, 그는 익숙한 듯 티슈로 땀을 닦고 소리 나지 않게 코를 훔친다.

오래전 그는 바로 이 식당에서 그녀에게 고백하려고 했던 적이 있다. 코를 훌쩍이는 자신에게 말없이 티슈를 건넬 줄 아는 그녀의 세심함이 좋아서였다. 물론 그것 때문만은 아니었을 것이다.

그러나 그는 그렇게 하지 않았다.

머릿속에서 말해버리고 싶은 충동과 그것을 막아서는 두려움, 근거 없이 뻗어나가는 상상들이 뒤섞여 격렬한 전투를 벌이는 와중에도 오늘처럼 묵묵히 밥을 먹었고, 식사가 끝난 뒤엔 천천히 옷을 챙겨 입은 다음 그녀와 나란히 식당을 나왔다. 그런 식으로 그녀와의 익숙하고 편안한 이 정도의 거리를 지켜냈다.

두 사람은 식사를 마치고 식당을 나온다.

커피 마실 거지?

그가 묻고 그녀가 말한다.

지금 너무 배부른데. 조금 더 걷고 마시자. 괜찮지?

두 사람은 청계천을 따라 걷는다. 언제나 사람들로 북적이던 천변은 한산하다. 개천은 얼어붙은 듯 움직임이 없고, 가지만 남은 앙상한 나무와 덤불 덕에 비좁게 여겨지던 길이 꽤 널찍하게 느껴진다.

두 사람은 코트 주머니에 각자 손을 넣고 나란히 걷는다.

그녀는 3개월 전 이직한 직장에 대해 이야기한다. 휴게실이 열악하다는 이야기. 매일 눈이 부실 정도로 컬러풀한 정장을 입고 출근하는 상사 이야기. 말 한마디 나눠본 적 없는 직장 동료의 결혼식에 다녀왔다는 이야기. 전 직장으로 택배가 가는 바람에 몇 차례 애를 먹었다는 이야기.

그러면 그가 호응하듯 말한다. 한 달 뒤 새로 이사할 집이 너무 좁다는 이야기. 얼마 전 지하철에 목도리를 두고 내렸다는 이야기. 밤에 불빛을 볼 때마다 눈이 따끔거린다는 이야기. 중고 거래로 마음에 드는 이어폰을 구입했다는 이야기.

두 사람의 대화는 나지막한 주파수처럼 커졌다가 작아지길 반복한다. 들어주는 사람이 있으므로 두 사람의 이야기는 이어진다. 개인적이고 일상적이며 어쩌면 자기 자신에게만 의미 있는 이야기들. 그러나 때때로 그는 그녀의 이야기가 자신의 이야기와 다르지 않다고 생각한다. 가끔은 진짜 자신의 이야기처럼 느껴진다. 그는 그녀 또한 이따금 그런 기분을 느끼는지 궁금하다.

몇 해 전, 그는 그것에 관해 물으려고 했다.

모리가 죽었을 때였다. 모리는 그녀가 9년간 키운 푸들이었다. 그는 모리를 네 번 만났다. 대학 졸업 후, 독립한 그녀가 작고 어렸던 모리를 처음 데려왔을 때. 그녀가 여행을 떠나며 그에게 잠시 모리를 맡겼을 때. 그녀가 보름 넘게 병원에 입원했을 때. 동물 병원에서 모리가 죽었을 때. 직접 본 것은 네 번이지만 그는 그보다 더 자주 모리를 만났다고 생각한다. 그녀의 이야기 속에 늘 모리가 있었기 때문이다.

마지막으로 모리를 보았을 때, 그는 차로 한 시간이 넘게 걸리는 반려동물 화장장에 그녀와 동행했다. 뒷좌석에 놓인 푸른색 이동장 안에 죽은 모리가 있었다.

화장 절차는 허무할 정도로 간단했다. 모리는 알록달록한 돌멩이가 되어서 나왔다. 리멤버 스톤. 모리의 유골로 만든 돌멩이였다. 운전을 하는 그녀는 말이 없었고, 조수석에 앉은 그는 돌이 담긴 유리병을 내려다보며 그런 생각을 했다.

어쩌면 지금이 아닐까. 지금 말하는 게 좋지 않을까.

그녀가 2년간 교제하던 사람과 헤어진 직후니까. 오래 다니던 직장을 그만두고 잠시 쉬고 있던 시기이기도 하니까. 이제 모리가 떠났고 얼마간은 슬픔과 상실을 홀로 견뎌야 할 테니까. 여러모로 그녀에겐 벅찬 상황임이 분명해 보였다. 그는 도움이 되고 싶었고 그럴 수 있다고 생각했다.

그러나 그는 아무런 말도 하지 않았다.

그녀에게 자신의 고백을 밀어낼 힘조차 없다는 것을 잘 알기 때문만은 아니었다. 그는 그런 상황에 기대어보려는 비겁하고 얄팍한 자신의 마음이 부끄러웠다. 덕분에 그는 또 한 번 그녀와의 익숙하고 편안한 이 정도의 거리를 지켜낼 수 있었다.

이제 그녀의 이야기 속에 모리는 등장하지 않는다. 그도 모리에 대한 말은 꺼내지 않는다. 두 사람 다 그것을 모르지 않는다.

아, 근데 너무 춥네. 안 되겠다. 어디 들어가자.

그녀가 말하고 그가 주변을 둘러본다. 거리는 한산하지만 카페는 사람들로 붐빈다. 두 사람은 카페 두 곳을 기웃거리다가 그냥 나온다. 세 번째 카페도 사정은 마찬가지다.

그냥 맥주나 마시러 갈까 봐.

그녀가 투덜거리고 그가 묻는다.

맥주? 맥주 마시긴 너무 춥지 않아?

아무런 결정도 하지 못한 채 두 사람은 카페 몇 곳을 더 지나친다. 이쪽으로 계속 가? 저쪽 아닌가? 뭐가 있긴 해? 그런 질문을 주고받으면서도 두 사람은 걸음을 멈추지 않는다. 바람을 피하려고 두 사람은 골목으로 접어들고, 몇 차례 방향을 바꾸고 나자 예상치 못한 풍경이 나타난다.

셔터가 내려진 가게들, 방수포로 덮인 비품들, 자물쇠로 잠긴 손수레와 카트, 울퉁불퉁한 길바닥에 고인 물웅덩이까지. 인적이 없는 골목은 적막하고 약간은 오싹한 기분이 들 정도다. 그가 조심스레 주변을 둘러보는 사이 그녀가 저만치 앞서 나간다.

여기, 아무것도 없을 거 같은데? 다시 나가자. 그만 돌아가자고!

그가 그렇게 소리치는데도 그녀는 앞만 보고 걷는다. 그녀의 뒷모습이 점점 작아지더니 골목 안쪽으로 사라진다. 아무런 예고도, 상의도 없이, 겁도 없이. 뭔가에 정신이 팔린 사람처럼. 하는 수 없이 그가 그녀를 뒤쫓아 간다. 걸음이 빨라진다.

그는 생각한다. 이번에는 틀림없이 해명을 듣고 말겠다고. 먼저 상의하지 않는 것. 설명하지 않는 것. 동의를 구하지 않는 것. 때때로 자신을 몹시 당혹스럽고 난처하게 만드는 그녀의 이런 행동에 대해 사과를 받고야 말겠다고 결심한다.

예전에도 비슷한 일이 있었다.

그가 보기에 그녀는 부주의하게 행동했고, 제멋대로 굴었다. 그는 그녀가 자신을 배려하지 않는다고 생각했다. 자신을 존중하지 않는다고 느꼈다. 그는 그녀의 행동에 실망했고, 서운했고, 화가 났고, 속이 상했다. 그녀의 사소한 말과 행동을 곱씹으며 괴로워하는 스스로가 한심하고 딱할 지경이었다. 그래서 그녀를 더는 만나지 않겠다고 다짐한 적도 있었다. 실제로 연락이 끊어져 서로의 안부를 알지 못했던 시간이 반년이 넘도록 이어지기도 했다.

항상 좋았던 것은 아니었다.

그가 그녀를 알고 지낸 10여 년간 관계가 늘 수월하고 편했던 것은 아니다. 분명 쉽지 않은 순간들이 있었다. 그러니까 그녀에게도 그런 순간들이 있었을 것이다. 이제 그는 그런 생각도 할 수 있게 되었다.

여기야, 여기!

그가 그녀를 발견했을 때, 그녀는 허름한 건물 앞에서 두 사람과 이야기를 나누는 중이다. 똑같은 민트색 점퍼를 입은 그들이 그녀에게 가볍게 인사를 하고 돌아선다.

여기 카페래, 올라가보자.

그가 무슨 말을 꺼내기도 전에 그녀가 2층을 가리키며 말한다. 간판도 없고, 조명도 없고, 카페라고 할 만한 표식이 하나도 보이지 않는다.

저기가 카페라고?

응, 카페래. 아까 나오는 사람들한테 물어봤지. 들어가보자.

두 사람은 2층으로 간다. 여느 사무실처럼 보이는 철문을 열자 완전히 다른 세상이 펼쳐진다. 고소한 빵 냄새와 그윽한 커피 향이 감도는 실내는 따뜻하고, 어디선가 나지막하게 음악 소리가 흘러나온다. 두 사람은 창가에 자리를 잡는다. 창 너머 골목은 적막하지도 오싹하지도 않다. 이렇게 내려다보는 골목은 고요하고 평화롭기만 하다.

여기까지 와보길 잘했다, 그지?

그녀가 커피 두 잔과 치즈케이크 한 조각을 가져온다.

뒤따라오는 사람은 생각도 안 하고 그냥 막 가던데? 한마디 말도 없이?

너 추울까 봐 그랬지. 얼른 여기 찾으려고.

여기 카페 있는 거 몰랐잖아, 너.

결국 알게 됐잖아. 코 풀래?

그녀가 다시금 콧물을 훌쩍이는 그에게 티슈 두 장을 건네준다. 그는 티슈로 소리 나지 않게 코를 훔치며 생각한다. 이 카페를 찾은 건 그냥 무작정 계속 걸었기 때문일까, 기필코 뭐라도 찾겠다는 그녀의 의지 덕분일까, 아니면 둘 다일까.

먹어봐. 치즈케이크 이거 딱 하나 남은 거래. 여기서 직접 만든다는데, 맛있을 거 같아. 그지?

그녀가 웃으며 포크를 건네준다.

다른 케이크들에 비해 상대적으로 크기가 작지만 먹음직스러워 보인다. 짙은 갈색빛 표면에 윤기가 돈다. 그는 포크를 세워 케이크 끄트머리 부분을 신중하게 잘라낸다. 어쨌든 하지 않기를 잘했다고 생각하면서. 수없이 많은 순

간, 진심이니 고백이니 하는 거창한 단어에 휩쓸리지 않기를 잘했다고 생각하면서. 어떤 충동이 지나가고 또 지나갈 때까지 기다려보길 정말 잘했다고 생각하면서. 그래서 마침내 숨은 그림 찾듯 이렇게 조용하고 근사한 카페에서 단 하나 남은 케이크를 맛볼 수 있게 되었다고 생각하면서.

그럼 나 먼저 먹는다.

그가 포크로 잘라낸 케이크를 입에 넣는다.

하지 않아서 좋았던 것, 하지 않았으므로 그가 지킬 수 있었던 것, 하지 않았기 때문에 그가 잃지 않았던 모든 것. 케이크의 맛은 그 모든 것을 한꺼번에 응축시켜놓은 것처럼 아주 진하고 깊다.

수국

택시에서 내리자 비가 온다.

나는 수국 꽃다발이 젖지 않도록 왼쪽으로 우산을 기울인 채 걷는다. 주의를 기울이는데도 꽃다발 안으로 자꾸만 빗물이 들이친다.

7층 컨벤션 홀.

안내판에 주관하는 협회와 기관의 이름이 있고, 수상자이름이 가나다순으로 적혀 있다. 나는 네 이름을 확인하고 7층으로 간다. 너는 다른 수상자들과 함께 컨벤션 홀 입구에 서 있다. 엷게 화장을 하고 정장을 갖춰 입은 너에게서 어리숙하고 의기소침하던 예전의 모습은 찾아볼 수 없다.

대학 졸업 후 만나지 못했던 1년. 드문드문 짧게 안부를 주고받았던 2년. 완전히 연락이 끊어졌던 2년. 그 5년 동안의 시간이 너를 완전히 다른 사람으로 바꿔놓은 것 같다.

왔구나. 어떻게 왔어? 비가 와서 오는 데 힘들었지?

너는 상기된 얼굴로 내게 알은체를 한다.

오랜만에 만나는 동기 서넛이 네 주변을 둘러싸고 있다. 우리 사이에 누구나 할 법하고 누구나 들을 법한 인사말이 오간다. 멀리 연단 쪽에서 누군가의 목소리가 들린다. 이제 곧 시상식이 시작될 예정이니 모두 자리에 앉아 달라는 요청이다.

너는 우리가 앉을 만한 자리를 살펴봐준 다음 앞쪽으로 이동한다. 잔잔하게 흘러나오던 음악이 멈추고 사회자가 손으로 마이크를 톡톡 두드린다. 말소리로 웅성거리던 실내가 고요해진다. 직원으로 보이는 두 사람이 커다란 출입문을 닫는다. 조명이 켜지자 무대가 눈이 부실 정도로 환하다.

나는 동기 서넛과 출입문을 등지고 서 있다.

개회사, 내빈 소개, 기념사, 축사. 별다를 것 없는 소개

말이 지루하게 이어진 뒤 마지막 순서로 시상이 진행된다. 너는 세 번째로 무대에 오른다. 공손한 자세로 상패와 꽃다발을 받은 뒤, 다른 수상자들처럼 마이크 앞에 선다. 소감을 밝히려는 것 같다.

그 순간, 너는 늘 무리에서 떨어져서 조용히 자신의 그림자를 밟고 다니던 오래전의 너와는 완전히 다른 사람 같다. 친구들의 짓궂은 장난에도, 무리한 부탁에도, 노골적인 무시에도 이렇다 할 반응을 하지 않고 침묵을 지키던 모습은 남아 있지 않다.

어쩌면 그런 시간이 너를 저곳에 서게 만들었는지도 모르지. 그런 순간들이 너의 오늘을 이렇게 달라지게 했는지도 모르지. 이렇듯 너를 완전히 다른 사람으로 바꿔버렸는지도 모르지.

나는 연단에 서 있는 너를 올려다본다. 너의 모습은 얼마간 친숙하고 낯익지만 어쩐지 점점 낯설어지는 것 같다.

야, 솔직히 내가 이런 데 와볼 거라고 상상이나 했겠냐?

옆에 선 동기가 중얼거린다. 그 말은 감탄처럼 들리지만 묘하게 비아냥거림과 빈정거림이 묻어난다. 그건 내 착각인지도 모른다.

그러게. 누가 상상이나 했어? 쟤가 저렇게 될지. 솔직히 누가 알았겠어? 야, 진짜 오래 살고 볼 일이다. 그렇잖아.

에이, 사실 운이 좋았지. 운도 무시 못 하는 거다. 알지?

다른 동기들이 끼어든다. 나는 이렇다 할 대꾸를 하지 않고 무대에 선 네게 집중한다. 차분한 얼굴로 객석을 둘러보던 네가 미소를 머금은 채 말을 시작한다.

실패와 포기, 눈물과 끈기, 확신과 감사. 네 입에서 그런 단어가 흘러나온다. 네 목소리에서는 어떤 긴장도, 떨림도 느껴지지 않는다. 너의 표정은 여유롭고 자신만만하기까지 하다. 너의 시선이 우리가 서 있는 쪽에 잠깐 머무른다. 순간적으로 너와 눈이 마주친 것 같다.

어떻게 이런 일이 일어났을까. 누구도 아닌 바로 너에게 어떻게 이런 행운이 찾아왔을까.

나와 동기들이 기억하는 너는 높은 연단에서 우리를 내려다볼 만한 사람이 아니었다. 자신감에 찬 목소리로 말을 시작하는 사람도, 자신의 감정을 분명하게 전달할 수 있는 사람도, 자신에 대해, 장래에 대해, 희망에 대해 확신을 갖고 이야기하는 사람도 아니었다. 너는 내가 부러운 마음으로 올려다보게 될 거라고는 상상한 적 없는 사람이었다.

그러니까 나는 오래도록 편견이나 오해 속에 너를 가둬둔 것인지도 모른다. 그렇게 생각하자 나와 동기들은 너에게 어떤 사람이었을까, 하는 의문이 고개를 든다. 너에 대해 우리가 습관처럼 했던 말들, 자연스럽게 주고받던 대화들, 우리는 쉽게 잊었고, 어쩌면 너에게는 오래 남았을 어떤 말들이 구체적으로 되살아난다.

네가 다정한 목소리로 고마운 사람들의 이름을 호명한다.

부모님, 선생님, 동료들, 지인들. 놀랍게도 그중엔 나와 동기들의 이름도 있다. 네가 고개를 숙이고 인사한다. 객석에서 박수가 터진다. 그렇게 시상식이 끝난다.

나는 사람들 틈에서 간신히 너와 인사를 나눈 뒤, 엘리베이터에 오른다. 1층에 내리고 나서야 여전히 꽃다발을 들고 있음을 알아차린다. 나는 다시 엘리베이터 앞으로 간

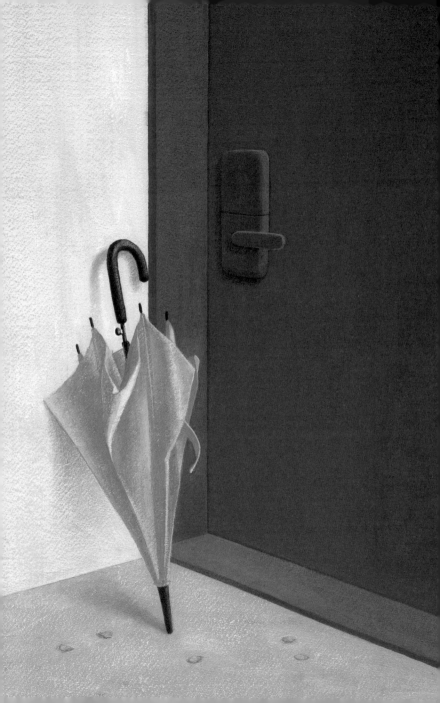

다. 그러나 엘리베이터의 문이 열릴 때마다 내리고 타는 사람들이 뒤엉키면서 주변이 소란스럽다. 다시 7층으로 올라갈 엄두가 나지 않는다. 결국 꽃다발을 든 채로 건물을 나와버린다.

나는 꽃다발을 집까지 들고 온다. 그러곤 신발장 위에 올려둔 그 꽃다발의 존재를 까맣게 잊어버린다. 나중에 보니 수국은 바싹 말라 있다. 손을 갖다 대자 마른 꽃잎이 부스러기처럼 떨어진다. 오늘은 버려야지, 내일은 버려야지, 모레는, 주말에는. 그런 결심을 하면서 꽃다발을 집어 들지만 그럴 수가 없다.

그때마다 내가 생각하는 건 너의 존재다. 내가 알던 오래전의 네가 아니고 내가 한 번도 상상한 적 없는 네 모습이다. 내 편견과 오해 속에 갇힌 네가 아니고, 그것들을 너무나 가볍게 뛰어넘은 어떤 사람이다. 그러므로 그 꽃다발이 상기하는 건 나 자신인지도 모른다. 지금껏 돌아볼 필요가 없었고, 돌아본 적도 없었던 예전의 나를 이런 방식으로 돌이켜보고 있는지도 모른다.

함께 산을 오를 때

여기 맞아? 이 산이야? 인터넷에서 본 거랑은 좀 다르네.

멀리 등산로 초입이 보이기 시작할 무렵, 그가 물었고 그녀가 답했다.

그러게. 많이 다르네.

두 사람이 인터넷에서 봤던 산은 야트막했지만 울창했고, 아담했지만 아늑하게 느껴졌다. 누구나 가벼운 마음으로 등산을 즐길 수 있을 것 같았다. 그리고 그들 앞에 막 모습을 드러내기 시작한 산의 모습은 그것과는 전혀 달랐다.

한 사람이 등산을 제안했고, 다른 한 사람이 동의했으므로 해도 뜨지 않은 이른 시각부터 채비를 하고 이곳까지 왔다는 걸 두 사람은 모르지 않았다. 그러나 그 순간의 기억은 희미해지고 이제 두 사람은 후회가 차오르는 자신의 마음을 애써 모른 척하는 중이었다. 지금이라도 돌아가자고 할까, 그만두자고 할까. 두 사람은 서로의 입에서 자신이 기다리는 말이 나오기를 바라며 느린 걸음으로 등산로에 접어들었다.

축축하고 쌀쌀한 어둠 속에서 해가 떠오르고 있었다. 맑은 날일지, 흐린 날일지, 가늠이 되지 않았다. 겨우내 앙상했던 나뭇가지에 연초록 빛깔이 어른거리고 있었지만 아직은 봄이라고 할 수 없었다. 갑자기 비가 내리고, 눈이 퍼붓고, 기온이 영하로 떨어질 수도 있었다. 지금은 모든 게 불확실한 계절이었다.

두 사람은 커다란 안내판 앞에서 등산로 지도를 살펴보았고, 운동기구가 비치된 운동장 쪽으로 걸었다. 테니스장을 지나 나무 데크가 끝나는 지점에 이르렀을 때, 첫 번째 갈림길이 나왔다.

이쪽은 아닌 거 같아.

그녀가 울퉁불퉁한 돌들이 박힌 가파른 길을 가리키며
말했다.

저쪽으로는 아무도 안 가는데?

그는 반대쪽 길을 가리키며 중얼거렸다. 그녀가 아니라
고 말한 길은 그나마 길이라는 걸 알아볼 정도였지만 반대
쪽 길은 길인지, 길이 아닌지조차 분명하지 않았다. 완만
한 경사는 오르기 쉬워 보였으나 나무와 바위 같은 지형물
이 없어 황무지 언덕 같았다.

그래도 저쪽은 너무 오르막이야. 돌도 많고. 어차피 어
디로든 올라가기만 하면 되는 거잖아. 이 길로 가자.

두 사람은 길게 실랑이를 벌이는 대신 그녀가 선택한 길
쪽으로 걸음을 옮겼다. 붙잡을 것이 아무것도 없었으므로
비탈진 길을 오르는 두 사람의 발걸음이 조심스러웠다. 앞
서 걷던 그가 그녀에게 손을 내밀었고, 그의 발이 미끄러
질 때마다 그녀가 그의 배낭을 힘껏 밀어주었다. 언덕을
넘어서자 한동안은 평평한 능선 길이 이어졌다.

정상까지 올라갈 수 있을까?

그녀가 물으면 그가 답했다.

왜 못 가. 가고도 남지. 봐, 아주 높은 산도 아니잖아. 저기 사람들 올라가는 거 보이지? 금방이야.

그의 말처럼 산은 아주 높은 편이 아니었고, 길이 험하지도 않았다. 짧으면 한 시간, 길어도 두 시간이면 정상에 닿을 수 있을 것 같았다. 두 사람은 나란히 서서 숨을 돌린 뒤 다시 출발했다. 땀에 젖은 옷 사이로 바람이 새어들고 시원함이 느껴졌다. 두 사람은 자그마해지는 도심의 풍경을 내려다보며 걸었다. 두 사람의 대화는 곧게 나아가다가 구불구불해지고 다시 가팔라지는 길을 따라 느릿느릿 이어졌다. 앞서 걷는 그의 뒷모습이 잠깐씩 그녀에게 낯설게 느껴졌고, 언뜻 스치는 그녀의 옆얼굴이 그에게 생경하게 보일 때가 있었으나 두 사람 모두 그것에 대해 말하지는 않았다.

두 번째 갈림길 앞에 섰을 때 그는 이번만큼은 그녀의 결정에 따르지 않겠다고 결심했다.

그녀가 선택한 황무지 언덕길은 등산로가 아니어서 능

선 길이 끝나는 지점에서부터 오래 헤매야 했다. 오가는 사람이 거의 없는 산길을 오르락내리락한 탓에 온몸은 땀으로 흠뻑 젖었고, 물을 마셔도 갈증이 가시지 않았다.

저쪽으로 가자. 저 길로 가면 아까 그 길과 연결될 거야.

그가 말했고 그녀가 답했다.

어차피 길은 다 이어져 있어. 이 길로 쭉 올라갔다가 내려오면 돼.

그는 그녀와 말다툼을 하는 대신 다른 이야기를 꺼냈다. 그가 기억하는 그녀의 잘못된 결정들. 그 결정으로 인해 허비해야 했던 시간들. 그는 그녀를 설득하려고 했다. 공격하려고 한 것이 아니라.

모든 사람이 다 똑같은 길로 다녀야 한다는 법이라도 있어? 어느 길로 가든 그게 뭐가 중요해?

그녀는 그의 말이 끝나기도 전에 그렇게 쏘아붙였고, 그를 지나쳐 걷기 시작했다. 매사 상상력을 발휘할 줄 모르고, 다른 사람들의 기준과 규칙을 당연한 듯 따르면서도 부끄러워하기는커녕 수시로 상대의 잘못만을 들먹이는 그와 싸우고 싶지 않아서였다.

두 사람은 갈림길에서 헤어졌다.

그들은 각자 선택한 길을 따라 산을 올랐다. 산은 한순간도 너그럽지 않았다. 걸으면 걸을수록 무장한 듯 평온한 표정을 고수하던 누군가의 진짜 얼굴을 대면하는 기분이었다. 때로는 한 걸음도 내디딜 수 없을 만큼 숨이 가빴고, 바람이 차가워지면서 갑자기 한기가 일기도 했다. 우거진 나무 수풀 사이에서 뭔가 어른거리는 듯한 착각이 들 때도 있었다. 그러니까 그 산에는 두 사람이 짐작했던 것이 단 하나도 없었다. 그 산은 오로지 두 사람이 예상하지 않은 것들로만 이뤄진 것 같았다.

도대체 왜 등산을 가겠다고 한 걸까. 왜 하필이면 이 사람과 여기를 온 걸까. 어쩌자고 이런 어리석은 일을 저지른 걸까.

한동안 두 사람의 마음을 사로잡은 건 그런 후회였다. 그러나 인적이 뜸해지고, 방향 감각이 희미해지고, 좁고 가파른 길이 끝도 없이 이어지자 계속 주변을 두리번거리

게 됐다. 그때마다 후회 아래 숨죽이고 있던 걱정과 미안함이 조용하게 모습을 드러냈다.

어디쯤이야?

먼저 전화를 한 건 그녀였다.

여기? 모르겠네. 길이 나올 줄 알았는데, 계속 같은 자리만 헤매고 있나 봐.

지친 듯한 그의 목소리가 흘러나왔고 바람 소리와 새소리, 말소리 같은 소음이 뒤따라왔다. 그것이 그녀를 불안하게 했다.

괜찮아? 어디 다친 건 아니지? 주변에 사람들 없어?

그녀는 반사적으로 그렇게 물었고, 그러자 허술하고 부주의한 성격 탓에 그가 아슬아슬하게 피해왔던 과거의 위험천만한 상황들이 생생하게 되살아났다.

주변에 아무도 없어? 뭐가 보여? 일단 다시 와. 아까 거기에서 다시 만나.

그녀는 그렇게 소리쳤고 왔던 길을 되돌아가기 시작했다. 그도 마찬가지였다. 두 사람은 헤어진 지점에서 다시 만났다. 반가운 마음이 들면서 그제야 안심이 되었는데, 두 사람 모두 그것에 대해 말하진 않았다. 두 사람은 물 한 모금을 마시고, 고구마를 나눠 먹었다. 그런 후엔 곧장 산에서 내려갈 작정이었다. 그러나 흐렸던 날씨가 개고 앙상한 나무 사이로 햇살이 비치기 시작했다. 지금껏 퉁명스럽고 불친절하게만 보였던 산의 모습이 조금씩 호의적으로 바뀌는 것 같았다.

때마침 꼭 같은 등산복을 입고 산에서 내려오던 노부부가 두 사람 곁을 지나쳤다. 왜소한 체구였지만 걸음걸이는 다부지고 표정엔 자신감이 넘쳤다.

정상에서 오세요?

그녀는 그렇게 물을 생각이었다. 그러나 지친 기색 하나 없이, 여유로운 미소까지 머금은 두 사람의 모습을 보는 순간 복잡한 감정에 사로잡혔다. 그것이 호기심인지, 의아함인지, 부러움인지, 그녀는 종잡을 수 없었다.

여기까지 왔는데, 조금만 더 올라가볼까?

그렇게 제안한 건 그였다.

이 길로?

그녀는 그렇게 되물으며 이 산에 오자고 말한 사람이 자신이라는 것을 기억해냈다. 그녀는 산꼭대기를 올려다보았다. 얼마나 더 가야 정상에 닿을 수 있을지, 그곳에 이르는 동안 무엇을 더 보게 될지, 마침내 그곳에서 내려다보는 풍경이 어떤 모습일지, 그녀가 확신할 수 있는 건 아무것도 없었다. 그 역시 마찬가지였다.

두 사람은 다시 산을 오르기 시작했다. 어쨌든 지금 산을 오르며 겪는 일들이 특별한 추억이 될 거라는 터무니없는 기대 때문만은 아니었다. 두 사람은 알고 있었다. 자신들이 특별하게 여기는 경험이란 산을 오르는 사람이라면 누구나 한 번쯤 겪는 흔한 일에 불과하다는 것을. 등산은 험해지고 가팔라지는 산길을 묵묵히 걷는 행위이고, 그러므로 상상의 범주를 크게 벗어나지 않는다는 것을. 그럼에도 이 산을 함께 오르는 자신들에게는 모든 게 두 번은 반복되지 않는, 꼭 한 번뿐인 순간이라는 것을.

안 힘들어? 괜찮아?

그는 몇 걸음 앞서 걷다가 자주 그녀를 돌아보았다.

괜찮아, 괜찮다고!

그녀는 그때마다 큰 소리로 대답했고, 씩씩하게 걸었다.

정상은 멀지 않아 보였고, 금방 닿을 수 있을 것 같았다.

적어도 아직까지는 그랬다.

호린

여느 때처럼 인경은 조금 일찍 식당에 도착한 뒤 창가에 자리를 잡았다.

창밖으로 서서히 어둠이 내리고 있었다. 잠시 후, 가게 앞 입간판에 조명이 켜졌고, 호린이라는 글씨가 선명해졌다. 두 달 남짓 이 식당을 드나들면서도 이름에 대해 궁금증을 가져본 적은 없었다. 식당 이름을 왜 호린이라고 지었는지 물어봐야겠다고 생각했지만 인경은 그 생각을 잊었다. 선호가 나타났기 때문이었다.

엄청나게 서둘렀는데 오늘도 제가 좀 늦었네요.

선호의 머리칼과 안경, 얇은 봄 재킷이 비에 젖어 있었다.

제가 일찍 온 건데요, 뭐. 밖에 비 와요?

네, 예보엔 없었는데 비가 오네요. 우산 있으세요?

두 사람의 대화는 지난번과 비슷하게 이어졌다. 같은 영화를 돌려보는 것처럼. 인경은 때때로 자신과 선호가 매번 같은 배역을 연기하는 배우가 아닐까, 하는 생각을 했다. 선호가 재킷을 벗고 자리에 앉았다. 두 사람은 가볍게 눈인사를 나누고 주문을 했다. 마늘 향이 진한 볶음밥과 담백한 버섯 덮밥, 닭고기 튀김이 나왔다. 이어 인경이 맥주 두 잔을 주문했다. 실내 분위기와 음악, 음식의 맛과 색감, 두 사람의 표정과 맥주의 신선도까지. 그날도 인경의 예상을 벗어난 것은 하나도 없었다.

팔 아픈 건 이제 괜찮으세요? 지난번보다 컨디션이 좋아 보이네요.

선호가 물었고 인경이 대답했다.

많이 나아졌어요. 나이가 들어서 그런가, 요즘엔 아픈 것도 빨리 안 나아요.

두 사람의 대화는 질문과 답변의 형식으로, 날씨와 근황

같은 편하게 주고받을 수 있는 주제를 조심스럽게 오갔다. 선을 넘는 경우는 없었다. 두 사람 모두 서로를 당혹스럽게 하거나 불편하게 만들지 않기 위해 최선을 다했다.

어쩌면 그게 문제일지도 모른다고, 인경은 생각했다.

두 달 전, 두 사람은 이 식당에서 처음 만났다. 지인을 통해 서로를 소개받은 것이었고, 두 사람 다 큰 기대를 하지 않고 나온 자리였다. 인경은 선호에게서 점잖은 사람이라는 인상을 받았다. 스마트 가전을 전문으로 수리하는 엔지니어답게 매사 꼼꼼하고 철두철미할 것 같다는 느낌도 있었다. 그게 다였다. 선호도 마찬가지일 거였다. 문화 행사 기획자라는 직업을 통해 인경이 체득한 상냥함과 친절함 정도를 느꼈을 거였다. 인경은 자신이 누군가에게 그리 특별한 인상을 남기지 못한다는 걸 잘 알고 있었다.

근처에 LP 틀어주는 바가 생겼더라고요. 가보실래요?

그래요? 좋죠.

식사를 끝내고 두 사람은 식당을 나왔다. 그러곤 선호가 말한 LP바를 향해 걸었다. 두 사람이 처음 만난 날도 그랬다. 식당을 나와서 근처 카페로 이동했고, 커피를 마시며 반듯한 산책로를 걷는 듯한 대화를 나누다 헤어졌다. 돌아서고 나면 제대로 기억나지도 않는 밋밋하고 심심한 대화였다.

그런데 저를 왜 만나세요?

인경은 종종 그렇게 묻고 싶을 때가 있었다. 그러나 그 질문이 고스란히 되돌아올까 봐 두려웠다. 인경은 그 질문에 대한 답을 갖고 있지 않았다.

바는 주택가 골목 안쪽에 있었다. 지하로 내려가자 머리를 숙이고 들어가야 하는 낮은 문이 나왔고, 문을 열자 어둑한 실내가 나타났다. 두 사람은 출입문이 바로 보이는 자리에 앉았다. 칵테일 두 잔이 나왔고 직원이 신청곡을 적을 수 있는 메모장을 가져다주었다. 인경은 선호가 고심하며 노래 제목을 쓰는 모습을 지켜보았다.

오! 이거 제가 신청한 노래예요. 이 노래 아세요?

신청곡이 나올 때마다 선호는 흥분한 목소리로 물었다. 인경은 고개를 끄덕이며 호응했지만 그 자리가 편하고 즐

겁지는 않았다. 커다란 스피커가 바로 머리 위에 설치되어 있는 데다 음악 소리를 이기려고 사람들의 목소리가 점점 커지고 있었다. 인경은 소리에 민감한 편이었다. 시계 초침 소리에 여러 차례 잠을 깬 뒤로 집 안의 모든 시계를 전자시계로 바꾼 게 몇 년 전이었다.

인경이 언젠가 들어본 듯한, 어쩌면 한 번도 들어본 적 없는 노래가 계속 흘러나왔다. 노래를 흥얼거리는 사람들의 목소리가 들렸고, 이마가 맞닿을 듯 서로에게 몸을 기울인 채 이야기에 열중하는 사람들의 모습이 보였다. 몇 사람이 나가고 몇 사람이 들어왔다. 실내는 주말을 앞둔, 약간은 들뜨고 느슨한 분위기로 서서히 달아오르는 듯했다. 그런 분위기에 취하지 않은 건 자신뿐인 것 같았다.

금요일 저녁, 고대하는 주말을 코앞에 둔 밤에, 인경은 왜 자신이 이런 곳에서 따분한 대화를 나누고 있는지 의아했다. 이럴 줄 알면서도 선호와 미지근한 만남을 왜 지속하고 있는지도 고민스러웠다.

선호와의 만남은 긴장할 필요가 없어서 수월했지만 예

상을 벗어나는 경우가 없어서 지루했다. 상대를 배려하는 선호의 모습이 신뢰를 주었지만 어떤 매력을 느끼긴 어려웠다. 아니, 무엇보다 인경은 자신이 이 관계에서 무엇을 바라는지 정확히 알지 못했다. 진짜 문제는 그것이었다.

두 사람은 칵테일 한 잔씩을 더 마시고 그곳을 나왔다.

취기로 달아오른 얼굴에 부드러운 바람이 와닿았고, 바람이 불 때마다 이제 막 움을 틔운 잎사귀들의 비릿한 냄새가 느껴졌다. 두 사람은 지하철역을 향해 걸었다. 멀리 동그란 입간판이 보였다. 그들이 저녁 식사를 한 가게였다. 출입문에 'closed' 팻말이 걸려 있었지만 가게 안은 환했다. 창가 테이블에 우두커니 앉은 주인 남자의 모습이 보였다.

누굴 기다리나 봐요.

선호가 말했는데 인경은 엉뚱한 말을 했다.

사실 저 오늘은 나오지 말까 생각했어요.

그래요?

선호는 침착하게 되물었다. 놀라거나 당황한 기색은 찾

아볼 수 없었다. 그것이 인경에게 얼마간 용기를 주었다.

선호 씨가 좋은 사람인 건 알아요. 그런데 이렇게 계속 만나는 게 좋은 일인지 잘 모르겠네요.

제가 좋은 사람이라고요? 왜 그렇게 생각하시는데요?

선호의 얼굴에 부드러운 미소가 떠올랐다.

그냥 보면 알죠.

인경은 다시 걸음을 떼며 말했다. 선호와 얼굴을 마주보고 할 만한 이야기는 아니라는 생각이 들어서였다. 인경은 대화가 진지해질 수 있는 여지를 주고 싶지 않았다.

안 나왔으면 오늘 뭐 하려고 했는데요?

인경과 보폭을 맞추며 선호가 물었다.

뭐, 그냥 집에 있지 않았을까요?

인경은 퇴근 후 빈집으로 돌아와 저녁을 먹고 소파에 앉아 TV를 보는 주말이 더는 기다려지지 않는다고 말하지 않았다. 텔레비전을 끄면 순식간에 적막에 휩싸여버리는 집 안의 풍경이 종종 낯설다는 말도, 그런 식으로 외로움을 느끼는 자신이 때때로 당혹스럽다는 말도 삼켰다. 어쩌면 선호와의 만남을 지속하는 게 그런 이유 때문일지도 모른다는 생각이 들어서였다.

두 사람은 계속 걸었다. 바람은 차갑다 싶었지만 걷기에 나쁘지 않은 날씨였다. 멀리 지하철역의 불빛이 보였다.

인경 씨는 어떤지 모르겠지만 전 금요일에 집에 혼자 있는 게 싫더라고요. 누구든 만나봐야 똑같겠지, 별로겠지 생각하면서 혼자 있는 거. 좋은 건 아닌 것 같아요.

지하철역 앞에 이르렀을 때 선호가 말했다. 인경은 그 말이 묘하게 자신을 설득하는 것처럼 들렸다. 솔직한 말이었지만 어디선가 들어본 적이 있었고, 틀린 말은 아니었지만 크게 와닿지는 않았다.

선호는 어쩔 수 없다는 듯 한마디 더 했다.

선택은 인경 씨가 하는 거니까 원하시는 대로 하면 돼요. 만나는 게 내키지 않으면 그냥…….

그 순간 오토바이 한 대가 빠른 속도로 인도를 가로질렀고, 주변에 흩어져 있던 비둘기들이 한꺼번에 날아올랐다. 인경은 반사적으로 몸을 숙였다. 여기저기 놀란 사람들의 비명 소리가 이어졌다.

인경 씨, 괜찮죠? 아, 제가 사실은 새를 좀 무서워하거든요.

지하철역 계단 앞에 웅크리고 있던 선호는 한참 만에 몸을 일으켰다.

전 괜찮아요.

인경은 머리칼을 매만지며 선호를 보았는데, 그 순간 웃음이 터지고 말았다. 선호의 머리와 어깨에 깃털인지 낙엽인지 알 수 없는 뭔가가 붙어 있었는데, 그것이 선호의 인상을 바꿔놓은 탓이었다. 늘 진지하고 반듯해 보이는 사람이었지만 그 순간만큼은 전혀 다른 사람처럼 보였다.

왜요? 왜 웃어요?

선호가 거듭 물었지만 인경은 대답할 수 없었다. 웃음이 멈추지 않았다. 선호는 하는 수 없다는 듯 입술을 이상하게 만들고 볼을 씰룩거렸다. 인경이 그만하라고 사정하듯 말한 뒤에야 그 작은 소동은 끝이 났다. 선호의 머리와 어깨에 붙어 있던 뭔가도 사라지고 없었다.

두 사람은 빠르게 평소의 표정을 되찾았다. 그런 후엔 나란히 지하철역 안으로 걸어 들어갔다. 게이트 앞까지 왔을 때 선호가 물었다.

근데 아까 왜 웃었어요? 진짜 궁금해서 그래요.

인경은 엉뚱한 대답을 했다.

아까 선호 씨가 한 말이 맞는 거 같아요.

네?

아까 선호 씨가 한 말이 맞다고요.

인경은 그렇게 답하고 아랫입술을 꽉 깨물었다. 다시금 웃음이 터지려고 했다. 선호에게서 의외의 면을 발견했다는 말은 하지 못했다. 그런 순간이 이처럼 느닷없이 찾아올 줄 몰랐다는 말도. 혼자 있었다면 오늘처럼 정신없이 웃는 소동 같은 일은 경험하지 못했을 거란 말도.

먼저 갈게요!

인경은 손을 흔들고 게이트 안으로 들어섰다. 뒤를 돌아보니 반대쪽 게이트로 걸어가는 선호의 뒷모습이 보였다. 선호가 시야에서 사라진 뒤에야 인경은 참았던 웃음을 터

트렸다. 그건 인경이 기대하지 않았지만 기다려온 순간이
틀림없었다.